A SAGA
DO MAR SEM FIM

Escrituras Editora e Distribuidora de Livros Ltda.
Rua Maestro Callia, 123 - Vila Mariana - São Paulo, SP - 04012-100
Tel.: (11) 5904-4499 / Fax: (11) 5904-4495
escrituras@escrituras.com.br
www.escrituras.com.br

Diretor editorial Raimundo Gadelha

Coordenação editorial Mariana Cardoso

Assistente editorial Amanda Bibiano

Foto da capa Ruslan Eliseev

Capa e projeto gráfico Felipe Bernado

Diagramação Fábio A. de Mattos Lima

Revisão Fernanda S. Ohosaku

Impressão Graphium

Dados Internacionais de Catalogação na Publicação (CIP)
(Câmara Brasileira do Livro, SP, Brasil)

Mesquita, João Lara
A Saga do Mar Sem Fim / João Lara Mesquita. –
São Paulo: Escrituras Editora, 2014.

ISBN 978-85-7531-532-3

1. Busca e operação de resgate – Antártica
2. Mar Sem Fim (Barco) – História 3. Mesquita, João
Lara 4. Naufrágios 5. Viagens – Narrativas
pessoais I. Título.

14-05902 CDD-910.9163

Índices para catálogo sistemático:
1. Mar Sem Fim: Viagens marítimas: Naufrágio:
História 910.9163

Impresso no Brasil
Printed in Brazil

JOÃO LARA MESQUITA

A SAGA DO MAR SEM FIM

escrituras

São Paulo, 2014

Para os meus tripulantes Plínio Romeiro Jr., Alonso Irineu Góes, e Manoel de Souza.

Para o grupo de "imprescindíveis" chilenos, comandados pelo Capitão de fragata Eduardo Rubilar Mancilla, formado por Felipe Fuentes Lopez, subchefe/radioperador, Luis Rayes Bugueño, cozinheiro, José Aguayo Aravena, engenheiro de carga/eletricista, Jonathan Retmal Mella, enfermeiro, Patricio Carrasco Ortega, logística/mecânico, Nestor Palma Belmar, abastecimento, Edinson Ruiz Reyes, manobras.

Para os "anjos da guarda" argentinos, Capitão Sebástian Notari, Sargentos Ramon Aquiles e Ariel Fenoglio.

Para Ruslan Eliseev, e todos os russos de Bellingshausen; e para os chineses de Great Wall.

Para os amigos Gioconda Bordon, Antônio Penteado Mendonça e Carlos Brancante.

Para a Marinha do Brasil.

Para minha querida mãe, Laurita, exemplo de companheira nos tempos do Albardon e para meu pai, Ruy Mesquita (*in memoriam*), que me apresentou ao mar, e também aos meus irmãos Ruizito, Fernão e Ro drigo, que sofreram e torceram enquanto era possível.

Para meus filhos, Luis e José, companheiros no *Marzão*, mais que uma dedicatória, um conselho que esta história reforçou: mantenham a arrogância à distância, como uma cobra enrolada numa moita, ela está sempre à espreita, pronta para atacar; cultivem a humildade e, sobretudo, acreditem sempre na sua intuição.

E para todos que gostam de histórias do mar.

“Mineirinho é meu erro.
E de uma vida o que se salva é apenas o erro.”
“Nós, os sonsos essenciais.”
Clarice Lispector

A cabine de comando lembra uma cápsula fechada. Não se vê mais que o painel de instrumentos e a roda de leme. Os vidros frontais estão congelados há dias.

Chamo o Plínio, que dorme na sala. Em segundos ele assume. Abro a porta lateral esquerda, Manoel, a direita. Saímos para a escuridão.

Faço esforço para enxergar: uma massa gasosa empurrada pelo vendaval, mistura de flocos de neve com ar e água do mar, impede a visão.

O *Marzão* tem um casario (estrutura acima do convés) grande e alto que age como uma vela, espécie de anteparo, empurrada pelo vento como um ioiô de encontro às pedras. O vendaval impõe-se pela força. Não permite direção. Numa das várias vezes que nosso ferro se soltou, o vento empurrou a proa do *Mar Sem Fim* em direção à praia. Dez metros, nove, oito, sete... Minhas pernas tremeram. Fechei os olhos esperando o baque...

Sumário

Uma tormenta muda minha vida

Em abril de 2003 um furação desabou sobre minha cabeça: a família Mesquita, acionista do Grupo Estado, é formada por seis ramos, e cinco deles decidiram que era hora dos Mesquitas abandonarem seus postos executivos. Só o ramo de meu pai, Ruy Mesquita, votou contra. Perdemos.

Tive que abandonar a profissão que dera sentido à minha vida. Gostando ou não, a Rádio Eldorado se tornaria passado. Depois de um doloroso período de dois anos em que, arrasado, eu mal conseguia raciocinar, um dia veio uma luz.

Pensando no que fazer, lembrei-me do projeto do Veleiro Eldorado-Globalstar. Se deu certo no rádio, por que não tentar na TV? Esta foi mais uma das ideias "malucas" que tivemos no tempo da Eldorado: o meio rádio usava viaturas terrestres que rodavam atrás de notícias, por que não uma marítima? Cedi meu veleiro, conseguimos apoio da Globalstar (telefonia satelital). Por dois anos o Mar Sem Fim navegou pela costa brasileira com repórteres a bordo que descreviam situações boas e ruins, através de boletins direto do mar. Deu certo. Fez sucesso, "trouxe o assunto (o mar e a zona costeira) à tona", e ainda nos ajudou a diferenciar a Eldorado das outras.

Corria o ano de 2005. Botei o projeto no papel e ousei. Eu levaria o barco até o rio Oiapoque, fronteira norte brasileira, e desceria até o Chuí. Investigaria cada palmo do litoral produzindo documentários para a TV. Formei a tripulação: eu, Alonso, a repórter Paulina Chamorro (que participou do Eldorado-Globalstar), e o cinegrafista Paulo Cezar Cardoso.

Quando estava tudo pronto, tive um encontro promissor. Afonso Hennel Jr., da Semp-Toshiba, que ficara meu amigo ao patrocinar a previsão de tempo da Eldorado, sugeriu um almoço. Ele estava preocupado com minha saída da rádio, queria saber sobre meus planos. Contei do programa. Afonso prometeu patrocinar.

Corri na TV Cultura, procurei o presidente, na época Jorge da Cunha Lima. Plano aprovado. Enquanto eu levava o barco para o Oiapoque, fazendo escalas nas grandes cidades acima de Santos, mudanças na Cultura: saiu o Jorge e entrou Marcos Mendonça em seu lugar.

Tornei a conversar e Marcos também aprovou a ideia.

Na altura do Natal, no Rio Grande do Norte, resolvi subir numa só pernada até o Oiapoque. Viagem longa, sem escalas, eu precisava de mais um tripulante para ajudar nos turnos. Chamei a *skipper* (capitã profissional) Nádia Meggon, que seguiu comigo e Alonso até a fronteira.

Foram onze dias de mar e vento até entrarmos rio Oiapoque adentro, cerca de 25 milhas até a cidade de mesmo nome.

Estava tudo pronto para eu começar uma nova profissão e uma inédita aventura.

Mar Sem Fim – Navegando do Oiapoque ao Chuí

Enquando Alonso esperava, fundeado defronte à cidade do Oiapoque, voltei para São Paulo de avião, para por no ar meu *site* que receberia material destas viagens (www.marsemfim.com.br). Em seguida juntei a bagagem para a primeira etapa: do Oiapoque até Macapá. Investigaríamos a formação e ocupação do litoral nesta parte do Brasil.

Neste entreato mais uma chateação. O motor de popa do bote do Mar Sem Fim, que ficava preso ao guarda-mancebo (espécie de corrimão por fora do casco), mesmo com corrente e cadeado, fora furtado. Alonso telefonou avisando.

Felizmente não foi igual ao assalto à mão armada que eu e Alonso sofremos poucos meses antes, em Bertioga, quando meu veleiro foi invadido por três delinquentes, um com uma 38, outro com uma 44, e um terceiro como uma espingarda calibre 12. Foram horas de terror a bordo até que fugiram levando todos os equipamentos de valor do *Marzão*.

Hoje é assim: não há segurança nem no mar. A Marinha do Brasil diz que a responsabilidade não é dela, mas da Polícia Federal, que não tem barcos ou pessoal suficiente para a vigilância. Como também não temos uma Guarda Costeira, o litoral brasileiro fica ao deus-dará.

Comprei outro motor, de 15 cavalos, avisei Paulina Chamorro (produtora e repórter) e Paulo Cezar Cardozo (cinegrafista), e ainda chamei mais um amigo para ajudar na primeira perna: o biólogo e velejador Fernando Cerdeira. Encontramo-nos em Congonhas, em São Paulo.

No dia 17 de janeiro de 2005 desembarcamos no pequeno aeroporto da fronteira do Brasil, subimos a bordo do Mar Sem Fim e iniciamos as filmagens.

Começamos a descida do rio Oiapoque em direção a cidade de Mont D'Argent, pouco abaixo, do lado francês (Guiana Francesa). Quinze milhas antes de chegarmos, o barco encalhou num banco de areia. Não seria o último encalhe pelos rios assoreados que desembocam no litoral... Tivemos que dormir ali mesmo, consumidos por mosquitos e quase caindo da cama pelo adernamento forçado.

Eu estava feliz navegando em meu próprio barco, cuja história é para lá de interessante. O veleiro veio dos Estados Unidos navegando e fundeou no Maranhão. O comandante não sabia da amplitude das marés que, às vezes, ultrapassam os sete metros naquela região. Jogou a âncora. Quando a maré desceu ele se viu atolado nas praias da capital, São Luís.

Um barco daquele porte deitado na lama chamou a atenção da Capitania dos Portos. Os militares fizeram uma vistoria e desconfiaram. Entraram no barco e descobriram que ele estava entulhado de contrabando. Prenderam o infeliz e mandaram seu nome para Interpol. Coitado, era um condenado à prisão perpétua que se evadira, lotara o barco de equipamentos para vender e acabou escolhendo o porto errado para fundear.

O homem foi mandado de volta à prisão nos Estados Unidos, e o barco, nacionalizado pela Marinha do Brasil, foi trocado na FAST (fábrica de veleiros da época) por um veleiro menor para que os grumetes da marinha pudessem se aprimorar em regatas.

Pouco depois tive a sorte de encontrar o *Marzão*...

No dia seguinte, com maré cheia, reiniciamos a viagem. Dois ou três encalhes depois, saímos em mar aberto. Contornamos o Cabo Orange e iniciamos a descida da costa.

Manguezal o tempo todo. Desde o início minha intenção era entrar em todos os rios possíveis para conhecê-los. O primeiro da lista foi o Caciporé, onde dormimos.

Pela manhã novamente saímos para o mar. Descemos mais 80 milhas até a altura do rio Calçoene, quando mais uma vez entramos barra adentro.

Não demorou mais que dez milhas para encontrarmos novo baixio. Desta vez a coisa foi feia. Nossa quilha ficou presa no início da vazante. As marés no norte são muito fortes. O nível do mar sobe e desce, de 4 a 5 metros. Em poucos minutos estávamos no seco. O Mar Sem Fim deitou na areia. A tripulação, especialmente Paulina, ficou apreensiva. Saltamos para a praia. Lembrei-me do americano...

Estávamos com sorte. Ao vistoriar o eixo percebi que o pé-de-galinha (espécie de suporte do eixo, aparafusado ao casco perto da popa) estava solto. Se não tivéssemos encalhado, eu não saberia do problema. Teríamos perdido o eixo no meio da viagem, um acidente bem pior. Consertamos e ainda fizemos um churrasco antes da maré encher e reiniciar a navegação.

Que delícia foi aquela viagem. Eu não acreditava que, finalmente, decobrira a profissão de que mais gostava: navegar, investigar e divulgar. De noite relembrava meu primeiro encontro com um barco ainda bem criança: o tempo passa rápido quando não se tem consciência dele. Ao adquiri-la, ali pelos cinco, seis anos de idade, já estava brincando com seres engraçados na piscina da fazenda em Louveira, interior de São Paulo. Eu, meus irmãos e primos crescemos nesta fazenda. Entre outras descobertas, a enorme piscina ocupava nosso tempo.

Lembro perfeitamente uma caravela, batizada "Nuno-Lopo" (nomes portugueses ilustres, homenagem a meu avô, Julio Mesquita Filho, que adorava e conhecia profundamente a história de nossos ancestrais), navegando aquelas águas transparentes. Ela foi construída por meu irmão Fernão com um grosso gomo de bambu cortado na vertical. Tinha velas e navegava direitinho. É o primeiro barco de que me recordo.

O segundo, ainda em Louveira, foi uma jangada de pita cujo tronco boia como rolha.

Não sei quem teve a ideia. A lembrança evoca as figuras de meus tios Jorge Mesquita Mendonça e Luizinho Barreto, com enormes facões cortando as árvores enquanto eu, meus irmãos, e meu primo Nico (Antônio Penteado Mendonça), filho de tio Jorge, entusiasmados imaginávamos as "navegações" pelo açude da fazenda. Uma farra. Cortar árvores, amarrar troncos, depois jogar a engenhoca no tanque e... navegar. Por este tempo jamais imaginei que um dia teria meu próprio barco e faria expedições reais pela costa brasileira.

No dia 24 de janeiro entramos pela foz do Amazonas e seguimos até Macapá.

Terminava a primeira das 33 etapas do projeto. Era preciso voltar a São Paulo, editar o material captado e colocar as fotos, entrevistas e o diário de bordo no site. Enquanto isso, Alonso esperava o início da próxima perna que nos levaria até Belém, o segundo, dos dezessete Estados costeiros que visitamos.

A primeira viagem rendeu quatro programas de trinta minutos cada e muito material para o site.

O Projeto Mar Sem Fim foi organizado por etapas enquanto, simultaneamente, os programas iam ao ar pela Cultura.

Quando terminava a edição mandávamos o material para a TV. Dias depois embarcávamos para a segunda etapa. E assim sucessivamente até o final.

Em 27 de março de 2007, dois anos depois, com 6.263 milhas (11.273 quilômetros) percorridas, chegávamos ao Chuí. Durante a viagem produzimos noventa documentários de trinta minutos.

Não sou o ex-presidente, mas afirmo com segurança: "nunca antes neste país" a costa brasileira foi tão esmiuçada, estudada, filmada, fotografada e discutida por uma equipe de jornalistas.

Ao longo da viagem entrevistamos mais de quarenta professores da academia, espalhados pelas Universidades Federais. Especialistas em ecossistemas costeiros, políticas públicas, poluição, pesca, geologia, oceanografia, biologia marinha, erosão da costa, entre outros, foram ouvidos. Também entrevistamos ativistas de ONGs, secretários de meio ambiente municipais e estaduais, gestores das poucas Unidades de Conservação, e ambientalistas. Eles emprestaram expertize aos noventa episódios da série Mar Sem Fim.

Se a conclusão da viagem foi triste, por perceber os estragos que impomos ao litoral brasileiro, maltrado, esquecido pelo poder público, dilacerado pela especulação imobiliária, o resultado da série foi animador. Nos dois anos em que ficou no ar, foi o programa de maior audiência da Cultura com 3 pontos de média no Ibope, e picos de 4.6!

E não foi só. Aprendi mais uma linguagem e, melhor, achei outra bandeira – não sei viver sem uma – de contribuir com a questão marítima tão relegada no Brasil.

Minhas viagens agora teriam sabor de investigação, procura de conhecimentos, e distribuição de conteúdo através de variadas plataformas.

A série gerou filhos. Meu irmão, Ruy Mesquita Filho, viu meu site e decretou: você tem que editar um livro.

O Brasil Visto do Mar Sem Fim foi lançado pelas editoras Albatroz, Loqui e Terceiro Nome. Dois grossos volumes ilustrados com mais de quinhentas fotos. Em 2008 foi indicado ao Prêmio Jabuti na categoria reportagem.

Nesse trabalho eu procurei fazer um contraponto ao conceito simplista e hedonista de parte da população que reduz o litoral a espaço de lazer.

Para a maioria das pessoas litoral é sinônimo de praia. Era preciso explicar a importância dessa faixa sensível, de transição entre o mar e o continente, assolada por ventos, correntes, marés e ressacas. Cerca de 90% da cadeia de vida marinha inicia seu ciclo de vida em seus múltiplos e variados ecossistemas, alguns extremamente produtivos, como a zona de arrebentação, os manguezais, os estuários, os costões rochosos e os corais; ou as dunas, as lagoas e os alagados. Eles são fundamentais para a biodiversidade marinha. A ocupação desordenada, a drenagem de lagoas e alagados para a construção civil, o aterramento de mangues substituídos por condomínios, casas de veraneio e marinas (no Sul e Sudeste), ou extirpados para a criação de camarões em cativeiro especialmente no Nordeste, equivalem a matar a vida nos mares antes mesmo que ela comece. É por esses motivos, entre outros, que os cientistas não se cansam de avisar: "50% dos recursos de pesca já estão completamente esgotados, 25% são submetidos à exploração excessiva, somente 25% ainda resistem" (FAO – Organização das Nações Unidas para a Agricultura e Alimentação)!

Na verdade, as praias são apenas uma parte do enorme e complexo conjunto. Mas o litoral brasileiro é muito mais que isso. A múltipla diversidade cultural da nossa costa abriga uma série de tesouros. Era preciso mostrá-los e explicá-los, contribuindo para sua preservação: a grandeza da arquitetura barroca de João Pessoa, Penedo, Olinda ou do centro antigo de Salvador e Belém; cidades históricas como São Francisco do Sul, em Santa Catarina, Alcântara, no Maranhão, e Parnaíba, no Piauí, com o Porto das Barcas; manifestações do folclore, como os seresteiros em Parati, o fandango no Paraná e sul de São Paulo, as brincadeiras de roda no litoral de Sergipe e o carimbó e a marujada no Pará tiveram amplo destaque.

O que mais me encantou, entretando, foram as embarcações típicas ainda em uso. Pintadas em cores vibrantes, com formas incomuns, ostentando enormes e nostálgicas velas, estas rústicas embarcações são parte de nossa história e trazem poesia e elegância ao litoral. Elas são um de nossos bens culturais mais espetaculares, fruto do encontro de europeus, asiáticos e africanos com os nativos da costa. E estão seriamente ameaçadas de extinção pelo que chamamos de "progresso", descaso ou desconhecimento. Na obra *Embarcações Típicas da Costa Brasileira*, segundo livro gerado pela viagem (Terceiro Nome, 2009), procuro resgatar e apresentar este acervo aos leitores.

O veleiro Mar Sem Fim, construído nos Estados Unidos em 1975, cumpriu sua missão. Por dois anos foi nossa casa e porto seguro. Era hora de mudar.

Durante a navegação pelo litoral eu procurei alternativas. Visitei estaleiros, clubes, marinas. Prestava atenção aos modelos tradicionais. Mas nada.

Não achava outro veleiro com as características que queria.

Aceitei a ideia de passar para o motor desde que eu achasse um *trawler* em bom estado. O *trawler* é um tipo interessante. Em certos aspectos lembra muito o veleiro. O nome vem do inglês, significa "traineira", um barco de pesca comum no Atlântico Norte que, por suas qualidades marinheiras excepcionais, passou a ser transformado em barco de lazer.

Eles são construídos para enfrentar mares difíceis. Espaçosos e com alta autonomia, navegam em qualquer parte. Mas no Brasil não há muitos. Aqui se encontra veleiros de regatas, lanchas e iates de luxo.

Mas um veleiro de cruzeiro, ou um *trawler*, depende muito da sorte.

Eu tive o privilégio outra vez.

O Mar Sem Fim a motor

Logo depois de chegar ao Chuí, com coração partido, vendi o Mar Sem Fim. Fiz questão de guardar o nome para meu uso. Saudoso, lembrei-me da primeira vez que entrei num veleiro. Logo que assumi a direção da Eldorado, em 1982, mudamos a programação da FM e passamos a investir em esportes que não tinham apoio da mídia. Naquele tempo as rádios só cobriam futebol. Nós não tínhamos pessoal especializado, muito menos equipamentos para entrar em campo. Não havia investimentos por parte do Grupo Estado. A Eldorado estava semifalida. Optamos por corridas de kart, enduros de motocicleta, escaladas, voos em asa delta, balão, planadores e esportes náuticos, sobretudo vela. Por que não?

Uma tarde na rádio, em 1985, Plinio Romeiro Jr., que trabalhava na Eldorado desde que assumi, profundo conhecedor da náutica, me contou que encontrara um amigo dos tempos iniciais do Iate Clube, Aloísio Christiansen, um craque da vela, que o convidara a participar da tradicional regata Santos – Rio. Meus olhos brilharam. "Tem como mandar boletins pra rádio?", perguntei.

"Claro!", respondeu, "É só chamar as estações costeiras que eles fazem a ponte até os transmissores."

Fiz a mala e, no dia marcado, eu, Plínio, Marcos Serra Jr., Aloísio e outros embarcamos no Mabruck. Naquela época a Eldorado apoiava o Veleiro Serelepe, de Felipe Furkim, que também participou.

Eu ganhei mais um amigo e novo professor. Lulu (Aloísio), como o chamamos, tem o dom de ensinar: fala mansa, muita paciência, explicava os mistérios da vela com grande facilidade.

As regatas passaram a fazer parte de meu cotidiano nos anos 80. Foi tomando parte nelas que consegui comprar meu primeiro veleiro. A história é curiosa. Em 1988 Aloísio e eu pegamos emprestado o veleiro Tiki de um amigo comum, para que eu pudesse mais uma vez fazer a cobertura do circuito Rio.

Na regata Rio - Cabo Frio - Rio, com forte lestada e correntes contrárias, o Tiki teve algumas avarias. Velas rasgadas, entre outras. Mesmo assim a cobertura teve ampla repercussão. Eu, no Tiki, passava um boletim e, em seguida, chamava o Plínio que estava a bordo do "Victória - Elodorado", um barco de ponta que, como o próprio nome indica, também tinha apoio da Eldorado. Plinio entrava no ar e completava as informações. Tudo ao vivo! Era sensacional. Por causa das avarias o Tiki abandonou a regata e voltou ao Rio. O vencedor naquele ano foi "Victória - Eldorado".

Terminado o circuito, devolvemos o barco ao dono, um certo Caio, que reclamou: não queria aceitar com velas rasgadas, como se a culpa fosse nossa e não do equipamento desgastado. Sem eu saber, Aloísio, com raiva, comprou o Tiki.

Quando me contou, dias depois, fiquei sem jeito, afinal, ele pedira o barco para que eu também o usasse. Como eu sempre estava duro, Aloísio propôs que eu comprasse 50% em prestações a perder de vista. Nem lembro mais quanto tempo demorei para pagar. Sei que depois de vários abatimentos o Tiki ficou cem por cento meu. E eu cem por cento feliz por ter meu primeiro barco à vela. Eu adorava o Tiki, fiz inúmeras regatas e vários cruzeiros com ele, mesmo não sendo um barco ideal para longas viagens. Mas era o momento de mudar.

Em agosto de 2007, em Ilhabela, litoral norte de São Paulo, encontrei o que procurava. Um barco maravilhoso, construído em 1995, no estaleiro INACE, Ceará, por encomenda de Clineu Rocha, um dos maiores especialistas em *trawlers* do Brasil. Desde os anos 1960 Clineu só navegava nesse tipo de barco. Saía de Santos, sozinho, e ia até o Caribe; de lá para a Europa, e voltava.

Nos anos 1990 resolveu aproveitar o aprendizado e fazer um *trawler* no "estado da arte". Imaginou como seria. Pensou no tamanho, autonomia e segurança, e contratou os serviços do melhor arquiteto naval especializado. Nasceu o Mar Sem Fim a motor.

John Alden, o projetista, fez um trabalho magnífico: com 20 metros de comprimento, por 5,5 de largura, ele foi construído em alumínio naval. Um clássico!

Três cabines de passageiros, cada uma com um banheiro completo. Um apartamento para os marinheiros na proa. Salão principal amplo e arejado. Ponte portuguesa (espécie de corredor externo, em frente à sala de comando). Cabine de comando espetacular. Madeira por todo o interior. O Mar Sem Fim era chique sem ser esnobe. E seguro. Proa alta e três compartimentos estanques. Confortável demais, com autonomia para cruzar qualquer oceano, cobria 3,5 mil milhas sem reabastecimento.

Dois motores, dois geradores, tudo dobrado. E, na época, Clineu fez questão de equipá-lo com o que havia de melhor. Dos vasos sanitários às gaiutas, passando por parafusos ou instrumentos de navegação, tudo era de primeira qualidade. Não acreditei quando vi. O preço, pela baixa demanda, era especial.

Mesmo assim demorou para que eu fizesse uma oferta.

Quando Plínio e outro amigo me mostraram, foi paixão à primeira vista.

Mas eu não tinha coragem para avançar. Um dia, percebendo o receio, Plininho me chamou: "cara, você não acredita que pode ter um barco destes, não é?"

"Acha que não é pro seu bico, confessa, eu te conheço."

Era isso...

O barco era bom demais. Não poderia ser para mim. Mas veio a ser. Respirei fundo, fiz uma proposta e consegui.

Estava entusiasmado. Minha vida profissional, fora da Eldorado, ia cada vez melhor. Eu vencera o desafio de me virar sozinho.

Exultava de alegria. O barco coroou o processo. Agora nada mais me segurava.

Com as plantas do novo Mar Sem Fim debaixo do braço, visitei amigos do meio náutico. Eu queria saber a opinião de especialistas.

Aos 55 anos, achava que aquele seria um barco para o resto da vida. Mas tinha uma dúvida: ele teria capacidade de enfrentar qualquer mar, até o austral?

Bem preparado, ouvi, o *Marzão* iria onde eu quisesse.

Entusiasmado, à noite, em casa, recordava minhas primeiras navegações. Ainda nos anos 1960 papai começou a nos levar para seu refúgio em Cananéia, no litoral Sul de São Paulo, onde dividia uma casa com os primos Jorge Mesquita Mendonça e Julio de Salles Oliveira, todos pescadores fanáticos.

Em Cananeia havia três canoas de alumínio com motores de popa. Cada sócio tinha a sua: "Gigú", "Candirú" e "Tramafax", nomes esquisitos, se não me engano, dados por tio Julio. Com eles fazíamos longas navegadas atrás de robalos, garoupas, pescadas e badejos (mas bagres e baiacus também apareciam para infernizar nossas vidas...). A baía do Trapandé, a ilha da Casca, Paranaguá, o Canal do Varadouro ou o Rio Itapitangui eram quase sempre os destinos escolhidos.

Eu não gostava muito. Era o menor da turma, mal segurava uma vara. E ainda tínhamos que acordar de madrugada muitas vezes arrancados da cama pelo Chicão, o enorme caseiro, um gigante que nos pegava pelo calcanhar e puxava do conforto da cama quentinha para a mesa do café da manhã. Papai não gostava de esperar, tinha que sair cedo por causa das marés.

Quando fundeávamos e começávamos a jogar a linha, a coisa piorava muito. Eu não tinha coordenação suficiente. Invariavelmente dava errado. Ao invés de sair aos poucos, ritimada, e seguir na direção da ponta da vara, a linha saía aos trancos enroscando no carretel. Meu descontrole gerava um novelo de lã cheio de nós, na carretilha, que só papai conseguia desatar.

Quando acontecia comigo ficava lívido. Tentava disfarçar... puxava a linha de um lado para o outro piorando a confusão. Até que, sem graça, virava para meu pai e dizia num muxoxo: "pai... deu bolo."

Eu me divertia com tio Julio e suas brincadeiras. Ele nos ensinava frases que tínhamos que completar. Ele começava e nós terminávamos: "No Tejereba tem…?" "Garoupa!", respondíamos. "Alfange vem…?" "Aí!", gritávamos em coro.

Até hoje não sei o que significam, a não ser uma forma carinhosa para se aproximar da gente. Foi naquele lugar especial que conheci o mangue pela primeira vez. Este fabuloso bercário de vida marinha é o ecossistema dominante no Lagamar Iguape - Cananéia - Paranaguá.

Muitas vezes os motores de popa, naquele tempo bem rudes, quebravam. Então víamos papai tirar e limpar os carburadores. Comecei a aprender os segredos dos barcos naquela fase. Bons tempos aqueles, a vida era cor-de-rosa. Tudo que tínhamos que fazer era não dar bolo na linha...

De volta ao *trawler*, passei a ir pra Ilhabela duas vezes por semana para aprender os macetes que Clineu ensinava minuciosamente. Um mês depois levei o Mar Sem Fim para Santos.

Em seguida bati na porta da TV Bandeirantes. Estariam interessados numa série de documentários com foco nos oceanos? Propus percorrer todas as ilhas brasileiras. Sem interesse. Um ano navegando pelo Amazonas. Idem.

Costa brasileira de novo? Ar de enfado... Arrisquei: Antártica? Sim, Antártica a Band queria.

Eu ainda não tinha intimidade com aquele barco complexo, se comparado ao veleiro. Mas decidi que era hora de partir.

O barco era ótimo, mas seria preciso testá-lo, aprimorá-lo, aprender suas reações, dominá-lo. Fui afoito e paguei o preço. Mesmo com patrocínio, essa primeira tentativa não passou de Santa Catarina.

Testando o *Marzão* na baía Norte, Florianópolis, ansioso e precipitado, passei por cima de um baixio marcado na carta náutica, e com boias de sinalização. Entortei um leme e uma hélice. Barbeiragem de leigo... Voltei para casa murcho e sem graça.

Fiz os reparos nos estaleiros de Itajaí, voltei para Santos e preparei-me para um longo período de testes e estudos: em 2008 eu navegaria até o Maranhão dando bordos para as ilhas oceânicas brasileiras, e voltaria, levasse o tempo que fosse, com o barco "nas mãos". E aproveitaria o tempo de estudos para conhecer a Antártica *in loco*, antes de ir com meu próprio barco.

Procurei Carlos Brancante, um amigo que poderia conseguir um lugar a bordo de um dos navios da Marinha do Brasil que vão para a Antártica no verão.

Em seguida aumentei minha equipe. Até então eu navegava com apenas um marinheiro, Alonso, mas o Mar Sem Fim a motor, bem maior, exigia mais um.

A procura foi rápida. Em pouco tempo encontramos um "Catarina" disposto a morar a bordo se fosse preciso. Ex-marinheiro em barcos de pesca, Manoel era prestativo, esperto, forte como um touro. Ele queria aprender. Entrou para o time.

O planejamento incluía sair de São Paulo em junho, estar em Abrolhos, no sul da Bahia, em julho, e chegar ao Maranhão em dezembro.

Julho e agosto são os meses em que as baleias Jubarte fogem do frio antártico e, depois de subirem a costa argentina e brasileira, elegem as águas rasas e quentes de Abrolhos para acasalamento e procriação. Seria um bom programa para as férias. Demorei anos para ter o prazer de ver a primeira baleia no mar. Com meus filhos, Luis e José, seria diferente. Conhecendo a rota migratória destes mamíferos marinhos, seria fácil proporcionar o encontro aos meninos.

Também tinha o objetivo de chegar no Maranhão antes do fim do ano. No verão eu iria para a Antártica de carona no Ary Rongel (navio polar da Marinha do Brasil). Enquanto isso o Mar Sem Fim ficaria por ali. Depois eu traria o barco de volta.

Cumpri a meta saindo de Santos no final de maio. Costeei o litoral norte de São Paulo, entrei pela baía de Angra dos Reis, depois subi a costa do Rio de Janeiro até Búzios. Dobrei o Cabo de São Tomé e naveguei até Vitória, no Espírito Santo. Ali meus filhos embarcaram. Seguimos direto para Abrolhos. Foram dez dias mergulhando e curtindo as enormes jubartes.

Depois Porto Seguro, na Bahia. Neste trecho tive o primeiro, e único, problema de toda a navegação: O reversor do motor de bombordo (esquerda) quebrou.

Reversores são as caixas de câmbio de um barco. É através de suas engrenagens que se engatam os motores para a frente ou para trás.

É raro quebrar um reversor, mas, às vezes, essas engrenagens, ou "lamelas", ficam velhas e se partem. No mar é difícil trocá-las. O processo é lento. Melhor consertar em terra. Naveguei com um só motor até Porto Seguro onde chamei o representante da marca.

Dias depois estávamos prontos para continuar subindo a costa. Antes, expliquei minha intenção: navegar até a Antártica. Pedi que fosse feita uma revisão nos dois reversores e comprei dois jogos de lamelas, uma das poucas peças de reposição que não tinha a bordo.

Em seguida continuamos costeando o litoral baiano, o mais extenso entre os estados brasileiros. Na divisa de Sergipe e Alagoas tentei entrar pela foz do São Francisco, um dos lugares mais bonitos do nosso litoral. Infelizmente é mais um rio maltratado, com matas ciliares devastadas e águas destinadas à geração de energia. São sete hidrelétricas, ou barragens, ao longo do curso.

O assoreamento, especialmente da foz do "Velho Chico", foi o resultado. É raro encontrar as condições que permitam a entrada. Aconteceu de novo.

Seguimos direto para Maceió. Da capital das Alagoas para a de Pernambuco, Recife; em seguida, Fernando de Noronha. Depois Natal, Fortaleza e Luis Correia, no Piauí. Por último, São Luis, no Maranhão.

Quase seis meses haviam se passado desde a saída. Estávamos familiarizados com o novo barco. Hora de descanso para ele e trabalho para mim. Hora de ir para a Antártica.

Peguei um avião para São Paulo. Fiz a mala de novo e voltei ao aeroporto. Desci em Punta Arenas, às margens do Estreito de Magalhães, onde embarquei no Ary Rongel.

A viagem seria curta. Um bate e volta para conhecer a estação científica brasileira, que a Marinha proporciona para autoridades e jornalistas. Torci para termos condições duras de travessia. Eu estava a bordo de um grande navio, queria ver o circo pegar fogo. Seria o melhor modo de conhecer o que enfrentaria depois.

Mas, ao invés de mar grosso, atravessamos o Drake com calmaria total. Um caiaque a remo teria feito a viagem naquela condição.

Ao chegarmos em Rei George, um fenômeno comum nos esperava: cerração forte. Foi bom para que eu revisasse, e reforçasse, os radares do Mar Sem Fim. Com neblina não se enxerga grande coisa. A navegação tem que ser através dos radares.

Passamos dois dias fundeados na enseada Martel, onde fica a base brasileira. Num deles o vento entrou com 40 nós (72 km/h) e durou o dia todo. Deu pra perceber que não era suficiente para levantar mar grosso na baía.

A viagem reforçou a importância dos instrumentos de navegação, das roupas especiais para enfrentar o clima hostil e dos cuidados em cada manobra.

As operações de embarque e desembarque, descida do bote, deslocamento de passageiros, só podem ser feitas quando a meteorologia permitir.

Foi nessa viagem que eu senti pela primeira vez a força da solidariedade antártica. Com o isolamento, as condições críticas de sobrevivência, todos se ajudam. Era comum os oficiais brasileiros conversarem, via rádio, com a comunidade instalada na ilha: chilenos, argentinos, poloneses... Quase todo dia trocavam informações sobre as condições de mar e vento, ofereciam ajuda para levar equipamentos, combustível ou víveres de uma base para outra.

Caramba! Eu tinha chegado à Antártica! Nunca imaginei que pudesse. Eu estava orgulhoso, meus pensamentos giravam a mil por hora. Recordações dos primeiros anos no mar e do salto que eu havia dado vieram à cabeça. Lembrei do primeiro barco de meu pai. Foi em 1967, quando eu tinha 12 anos, uma baita novidade! A casa de Cananéia foi vendida. No lugar dela papai comprou o Albardon, um belo barco de madeira, construído na Argentina, com quase 50 pés, duas cabines, sala, banheiro e cozinha. Mamãe, sempre companheira de meu pai, também vibrava, assim como meus irmão Ruizito, Fernão e Rodrigo.

Pescador que era, a primeira viagem não poderia ser para outro lugar: o arquipélago dos Alcatrazes, distante 40 milhas de Santos.

Ao ligar os motores imediatamente senti o cheiro do diesel, nauseante, em seguida soltamos as amarras. Tio Caco (Marco Antônio Vieira de Carvalho), um grande navegador, na época Comodoro do Iate Clube de Santos, estava a bordo e ensinava os macetes.

Do Iate Clube saímos para o canal do porto. Minutos depois, quando entramos na baía de Santos, senti pequenas ondas batendo no casco.

O Albardon, muito estreito, balançava. Segundos depois da proa alcançar a baía comecei a suar. Uma transpiração diferente, fria. Simultaneamente, meu estômago embrulhou... comecei a ficar tonto. Salivava. Antes de completar a primeira milha já estava vomitando borda afora, totalmente mareado.

E assim foi pelos dez anos seguintes. Naquele final do anos 1960, o Iate Clube de Santos era uma pequena família. Havia poucos sócios e nem todos frequentavam. O clube era nosso, de nossos amigos e dos amigos de nossos pais.

Conhecíamos o nome de cada funcionário, fosse ele garção, mecânico ou encarregado da rampa (por onde alguns barcos são puxados para o hangar).

A sede era charmosa, toda de madeira, pequena, aconchegante. A comida, uma delícia. Até hoje tenho saudades do sanduíche de filé com queijo. Um filé grosso, sangrento, com maionese batida na hora, daquelas amarelas. Quem nos servia era o Cid, garção baixinho e careca, cuja característica era escorregar nas curvas com passos apressados, segurando uma bandeja a altura do peito, cheia de copos e garrafas. Era divertido vê-lo derrapando, sem deixar a bandeija cair, para servir os sócios com rapidez. Não esqueço uma história protagonizada por ele. Um dos amigos de papai, Raul Barreto, sentado numa mesa da varanda do clube, cercado por amigos, começou a sentir uma incômoda dor de cabeça. Perguntou ao Cid se havia algum remédio na sede. "Sim dr. Raul, temos Navagina". Cid nunca entendeu o motivo da gargalhada geral.

Durante a década de 70 saímos com o Albardon pelo menos em 90% dos fins de semana, sem exagero e de novo nas férias.

Nos finais de semana íamos até as ilhas mais próximas de Santos. Papai começava a pescar assim que o sol nascia e só parava quando se punha. Eram vinte, trinta enchovas por dia. E das grandes! Ele curricava com um barco de 50 pés, passando a milímetros dos costões. Este é outro mérito do 'velho Ruy': foi ele quem introduziu a pesca de currico, típica de Cananéia, no litoral central e Norte de São Paulo. Virou febre. A técnica se espalhou entre os pescadores paulistas migrando, poucos anos depois, para o Rio de Janeiro. Até então só pescava com linha de fundo por estas bandas. Quando o marinheiro, o encantador "Passarinho", apelido de Valdemar Cândido Mariano, se afastava um pouco que fosse das pedras, papai brigava: "Passarinho, mais perto, Passarinho!" O Albardon balançava de um lado para o outro com tamanha fúria que o sofá onde eu dormia enjoado desgrudava de um dos lados da sala e escorreava até dar um forte tranco do outro lado. E assim ficava o dia todo: sambando de um lado para o outro na sala do barco.

Eu tinha que me agarrar para não ser jogado no chão. E tome enjoo! Mesmo assim não desistia. Fiz bem em resistir. Agora, quem estava no comando era eu e, em vez de pesca, os motivos das viagens eram bem diferentes: jornalismo ambiental com foco no espaço marítimo.

Minha primeira ida para a Antártica não era a viagem que eu queria fazer, mas a que pude realizar.

No dia seguinte navegamos até a enseada Ardley, local da base chilena Fildes, e da única pista de pouso da região. Em seguida embarcamos de volta num imenso Hercules C 130, da Força Aérea Brasileira, que apoia a Marinha nas operações da Antártica. Algumas horas depois chegávamos à Punta Arenas.

De lá para São Paulo. Fiquei alguns dias em casa, descansando com meus filhos.

Não havia passado uma semana quando recebo uma ligação da produção da rede Globo.

Queriam gravar um programa ainda inédito na época, nos Penedos São Pedro – São Paulo, e perguntavam se eu faria um *charter* com a equipe desde Fernando de Noronha até estes rochedos ao largo do Rio Grande do Norte.

Claro, respondi, mas a diária do Mar Sem Fim é alta e meu barco está em São Luís, a dez dias do local da partida. Se pagarem o custo até Fernando de Noronha, e depois aos Penedos, não haveria problema. Toparam.

Liguei para o Alonso animado, contei que iríamos "ganhar um troco" no retorno a Santos e pedi que preparasse o barco. Em poucos dias eu estaria em São Luis.

Foi uma navegação tranquila até Noronha, apesar dos ventos e correntes contrários. Útil para conhecer as reações do barco em situação adversa. O Mar Sem Fim se comportou bem. Superou o mar, contra o nosso avanço, caturrando (balanço em sentido longitudinal) e perdendo um pouco de velocidade. Em vez dos oito nós (14 km/h) de cruzeiro, a velocidade às vezes baixava para seis, seis e meio nós.

Mas chegamos bem em Noronha, onde os profissionais da Globo embarcaram. Tinha tanta gente que alugaram outro barco, um veleiro, também foi fretado. Nele embarcou a apresentadora do que viria a ser o Globo Mar, Mariana Ferrão. Comigo vieram a diretora do programa e vários cinegrafistas.

Fiquei impressionado com a quantidade do equipamento: dezenas de câmeras, caixas estanques de todos os tamanhos repletas de itens. Operação de guerra.

Dias depois partimos. Não navegamos muito quando o veleiro nos chama pelo rádio: um dos passageiros, sem querer, tropeçou no piloto automático, inutilizando o equipamento.

Sem ele seria uma temeridade a travessia. O *skipper* (capitão) do veleiro não tinha como navegar sozinho até o destino. Voltamos. Começou uma conferência entre o pessoal. Parecia não ter fim. Até que sugeri o Atol das Rocas, distante só 60 milhas (108 km).

Ideia aprovada. Seguimos para o Atol.

Gravamos o programa durante dois dias e voltamos para Fernando de Noronha, para o desembarque da equipe.

Com o bolso cheio tornamos a descer: Natal, Recife, Maceió, Salvador, Abrolhos de novo, Vitória, Rio e Santos.

O Mar Sem Fim estava de volta depois de mais de 4 mil milhas de testes. E em perfeito estado.

O momento da partida para a Antártica se aproximava. Doquei (colocar fora d'água) o barco para os ajustes finais.

Sabendo de minhas limitações e do desafio a que me propus, chamei novamente o *skipper* em que mais confiava, amigo desde os anos 1980 e que já havia trabalhado comigo no tempo de meu primeiro veleiro. Em 1989, quando decidi levar o Tiki para Salvador, para participar do circuito baiano de vela, contratei um jovem velejador que, quando não estava competindo, ganhava a vida levando barcos para cima e para baixo, cobrando um dólar por milha. Pedro Camargo, ou "Pedrão", como é mais conhecido no meio, levou o barco de Santos para o Rio, onde o embarcou num navio direto para Salvador.

Na verdade a regata era pretexto. O que eu queria era trazê-lo de volta cruzeirando. Uma das viagens mais gostosas pela costa brasileira é justamente de Salvador a Santos. Os ventos e a corrente são favoráveis e constantes. É só regular as velas e deixar o barco "descer a ladeira" com tudo a que tem direito.

Pedrão desceu até Santos para a vistoria. Eu já havia feito um leme, um eixo e duas hélices de reserva. A casa de máquinas estava um primor. Tudo brilhando de tão limpo, obra do Manoel, que se mostrou um marinheiro de grandes qualidades. Abri e limpei os tanques de água e diesel.

O barco tinha ferramentas de todos os tipos, mesmo assim o *skipper* sugeriu outras. Além das diversas bombas para esgotar a água dos porões, Pedrão pediu que eu comprasse um motor a gasolina acoplado a uma bomba com capacidade para esgotar "um lago de Itaipu" em minutos. Os dois motores foram revisados, assim como os dois geradores. O sistema hidráulico dos lemes foi vistoriado. A parte elétrica ganhou mais algumas baterias extras.

Pedrão notou que uma das buchas do pé-de-galinha estava gasta. Pediu que trocássemos. Enquanto ele falava eu anotava num caderno para não esquecer.

Pedrão conhecia todos os equipamentos. Não precisava ler manuais, sabia de cor. Instalava e consertava qualquer um em minutos. Excelente navegador e bom em meteorologia. Eu estava em boas mãos, mas, quando o contratei, combinei que a última palavra seria minha. Eu era o dono do Mar Sem Fim, tive a ideia da viagem, contratei uma equipe com um cinegrafista e um editor. A responsabilidade por eles só podia ser minha.

Ao revisar o casco Pedrão ficou satisfeito com os olhais (anéis metálicos fixos e resistentes) que eu mandara soldar próximo do sistema de hélices e leme para facilitar uma possível troca. Sugestão de outro navegador, Fábio Tozzi, acostumado às altas latitudes. Ao terminar a checagem na casa de máquinas mostrei o que havia feito no interior.

Comecei pela sala de estar. Por sugestão do construtor Thierry Stump, eu havia preenchido o vão que existe entre o teto de madeira e a chapa de alumínio da capota, com isopor de célula fechada. Além de isolante, evitando condensação, era antichamas.

Fiz o mesmo no vão das cabines.

Outra dica foi instalar chapas de acrílico por dentro das janelas. Elas formavam um colchão de ar vedando qualquer entrada do vento e, como o isopor, impediam condensação. Passamos para a sala de comando.

Quando comprei o Mar Sem Fim ele já tinha um radar. Instalei outro, acoplado a um *ploter* (monitor que mostra as cartas náuticas da região onde se navega, simultaneamente com a posição do barco). Havia uma sonda (instrumento que mede a profundidade), coloquei mais uma. Repeti em relação ao piloto automático. Navegaríamos com dois.

De novidades instalei um anemômetro (instrumento que mede a força e direção do vento), e um EPIRB (espécie de sinalizador que informa uma central internacional sobre a posição do barco em caso de naufrágio).

O sistema de telefonia satelital era triplo: Iridium, Inmarsat e Globalstar.

Seis rádios VHF e um HF (tipo de radioamador), para a comunicação.

Um computador para mandar e receber e-mails, ao mesmo tempo que servia como segundo ploter, foi outra novidade.

As cartas náuticas da Antártica eram inglesas, consideradas as melhores. Pedrão levou um atlas chileno com cartas da Antártica incluídas. Para descer a costa argentina eu tinha o guia náutico da Armada, assim como as cartas produzidas naquele país. Como reforço, levei as brasileiras, feitas pela Marinha do Brasil.

Aquecedores elétricos e a gás. Tínhamos duas balsas cada uma com capacidade para oito pessoas. A principal tinha fundo duplo para amenizar o frio; um bote de 15 pés (5 metros), dois motores de popa. Um de 15 cavalos, outro de 25, novo.

Cinco roupas semissecas, úteis em caso de abandono. Uma roupa seca (para mergulho em água gelada), dois coletes com cilindros e um compressor para recarregar, completavam os itens de mergulho. Equipamento de alpinismo e roupas especiais para todos.

Estávamos prontos. Marcamos a data da partida: agosto de 2009.

Quando estava tudo pronto, barco abastecido e tripulação a postos, meu filho José, onze anos, resolve ter uma crise de apendicite. Foi operado imediatamente. Fiquei em São Paulo para acompanhar a recuperação enquanto barco e tripulação deixaram Santos, na madrugada de 26 de outubro, rumo a Rio Grande. Vou encontrá-los dia 29.

A bordo somos seis: Pedrão Camargo (*skipper*), Alonso Góes e Manoel de Souza (imediato e marinheiro), Paulo Cezar Cardoso, que trabalhou comigo na série Mar Sem Fim (cinegrafista), Adrinao Pessoa (editor) e eu.

Plano de navegação: chegar na boca do Estreito de Magalhães, no final de novembro, com o primeiro documentário pronto.

30/10/09

Rio Grande

Dentro de mais alguns minutos deixaremos o Iate Clube de Rio Grande em direção à Punta del Este, 400 milhas daqui.

O tempo está bom, sem vento. Mar calmo. Temos que aproveitar. Vem vindo outra frente fria por aí...

Já começamos as gravações mostrando a rotina de bordo. Durante a viagem veremos como os uruguaios ocupam o seu litoral.

Eles também os destroem, como estamos fazendo com o nosso? Paredões de prédios nas praias, arrasando a paisagem? E a fauna e flora?

A pesca de arrasto que prejudica o subsolo marinho, *habitat* de muitas espécies, também é praticada rente a linha da costa como no Brasil?

Estas são as dúvidas que este trecho impõe.

01/11/09

Até Punta del Este

Chegamos em Punta de tarde. Navegamos próximos da costa para gravar as imagens. O litoral do Uruguai tem cerca de 600 quilômetros. Conhecemos um terço.

O trecho mais inóspito é este que percorremos desde o Chuí. Quase não há pontos notáveis. É praticamente uma única linha de praia de Rio Grande até Cabo Polônio.

A partir deste ponto o litoral inflete para Oeste e começa outra praia que só termina em Punta Del Este.

Região de ventos fortes, o que contribui para a formação de dunas em todo o percurso.

Raras vezes se vê alguma casa. Quando existem, estão atrás da praia.

O destaque é a colônia de lobos marinhos, em Cabo Polônio. Já chegou a abrigar cerca de 300 mil animais.

La Paloma, poucas milhas abaixo, é um pequeno porto pesqueiro e base naval da marinha uruguaia.

Mas há um choque quando se aproxima de Punta del Este.

Espigões até onde a vista alcança. De longe dá a impressão de um paliteiro. A muralha de concreto vai de um extremo ao outro da praia.

Deixamos pegadas duras, irreversíveis, em quase todos os cantos em que colocamos os pés.

Não me orgulho delas.

05/11/09

Reabastecendo em Mar del Plata

A saída de Punta foi meio chata. Um sudoeste, não muito forte, soprava na cara do Mar Sem Fim. Continuamos assim mesmo.

Hoje o dia foi dedicado à limpeza geral e reabastecimento.

Sairemos esta noite em direção à Bahia San Blás.

São 300 milhas. Significa que levaremos um dia e meio navegando.

09/11/09

Bahía San Blás

Já estamos na faixa dos 40º de latitude Sul. No meio náutico este pedaço do planeta é conhecido como *the roaring fourties*, ou "os 40 rugidores", uma alusão ao barulho das ventanias a partir desse paralelo.

Entrar nos quarenta significa mais frio, vento gelado e mudanças repentinas no tempo. Ontem à noite a temperatura externa era de 7 ºC enquanto na cabine e fazia 14 ºC. Eu finalmente cruzava a mitológica linha que transforma crianças em homens: os 40 rugidores. Não acreditei que, do Albardon, daria este salto. A distância permite perceber como era boa aquela época. Em meio ao frio das altas latitudes lembrei de meu amigo, Orlando, ajudante e genro do marinheiro do Albardon, com quem passava horas na cozinha enquanto meu pai pescava. Um personagem. Quem o descreveu com perfeição foi meu irmão, Fernão, num belo livreto que deu aos amigos, impresso na própria casa (e que merecia edição comercial porque é pura poesia), "Um pequeno enigma Amazônico".

"De traços marcadamente indígenas, Orlando era um bruto com laivos de douçura ingênua, como era comum se ver nessas beiradas do Brasil. Sempre me impressionavam – e muito especialmente à minha mãe – as unhas dos dedos dos seus pés, exatamente semelhantes às cracas marinhas, naquele mesmo tom cinza e naquela mesma forma irregular e cortante de pequenos vulcões, com furo no topo e tudo. Nunca, em toda a vida, usara um sapato. Tinha uma compleição física estranha beirando a malformação. E era dono de uma força descomunal, que não sabia dosar. Mas ria como uma criança, mostrando dentes estragados, e cozinhava como a melhor das donas de casa."

Foi com Orlando, ensinado por minha mãe, que aprendi a cozinhar. Fazia massa de pastel e pizza e a abria com uma garrafa de cerveja. Meus pastéis eram deliciosos e famosos na época. Não era incomum chegar um barco dos amigos do meu pai, como o Santa Mônica, *trawler* do Clineu Rocha, e alguém perguntar: "Ruy, o João está aí, vai ter pastel hoje?"

Depois de muito aprendizado na cozinha do Albardon, aos poucos parei de vomitar. Em vez disso bastava ligar os motores diesel para que adormecesse. O barulho dos motores, monótono e contínuo, entorpece e faz dormir. Segundos depois de ligar as máquinas eu roncava. Pelo menos o tipo de enjoo era menos desagradável... À noite, óbvio, não pregava o olho. Pescava com linha de fundo ou ouvia as histórias do Passarinho. O homem tinha uma memória incrível. Sabia de cor vários "causos de cordel". Eu me encantava com o do Valente Vilela, que Fernão resgatou no mesmo livro:

"Meu povo preste atenção

No que agora vou contar

De um homem muito valente

Que morava num lugar

Até o próprio governo

Tinha medo de cercar... "

E ía por aí, recitando horas a fio, sem titubear, as aventuras do homem do sertão pernambucano que "tinha gênio tirano: só com dez anos de idade, Vilela mata o seu mano... "

Eram noites maravilhosas. Meus olhos brilhavam ao assistir o velho Passarinho declamando na "sombra" dos paredões de Alcatrazes...

A Bahia de San Blás, formada por várias lagunas, é interessante. Quando a maré baixa, parte do leito fica exposto, deixando sem proteção moluscos e larvas, alimento preferido dos pássaros.

Bandos de flamingos, gaivotas, ostreros e maçaricos fazem a festa.

San Blás foi nossa porta de entrada para a Patagônia. A área conhecida por este nome começa oficialmente no paralelo dos 40º Sul e se estende até a extremidade da América do Sul, o Cabo Horn. Um milhão de quilômetros quadrados.

A Patagônia é formada em grande parte por estepes que começam depois do declive dos Andes e seguem até a zona costeira.

Há bosques e pequenas florestas próximos da cordilheira, mas eles ocupam porções bem menores do território.

As maiores pressões ambientais, além do próprio clima, são as milhares de ovelhas criadas nas estepes que utilizam a escassa vegetação como alimento.

A introdução de lebres europeias piora a saúde do ecossistema. A principal causa da perda da biodiversidade no mundo é a destruição dos habitats naturais.

Em segundo está a introdução de animais exóticos, caso da lebre.

Outro problema ambiental é a distribuição dos habitantes. Oitenta por cento estão concentrados nas grandes cidades e todas ficam na zona costeira.

Em toda a Argentina existem 10.059.866 domicílios. Somente 54,8% têm serviço sanitário.

Para onde vai o resto? Para o mar, como sempre.

No mundo é assim. O maior inimigo dos oceanos são os esgotos despejados desde tempos imemoriais.

Hoje cerca de 50% da população mundial mora nas regiões costeiras.

Esqueça Nova Iorque, nosso mundinho é pobre. Diariamente 2 milhões de toneladas de esgotos não tratados são atirados ao mar.

E ainda temos o aquecimento global que já começa a mudar o Ph dos oceanos, deixando-os cada vez mais ácidos, matando os corais, o mais rico ecossistema marinho.

16/11/09

Península Valdes

Nossa chegada, dia 10/11, foi muito difícil. Quanto mais perto, maiores as ondas. Nas rajadas, o vento Sudoeste chegava aos 40 nós. E ali onde estávamos, na Ponta Norte, havia uma forte corrente marítima contrária à direção do vento. O resultado das duas forças em rota de colisão são ondas grandes e curtas.

Desviamos para o golfo Nuevo, onde fica Puerto Pirámide, local de grande concentração de baleias francas austrais. De setembro até dezembro estes animais migram da Antártica para a Península Valdes.

21/11/09

Estamos quase concluindo a travessia do golfo de San Jorge. Dizem os mareantes daqui que quando o tempo fecha a coisa fica feia.

Nossa previsão meteorológica indica que vem aí um centro de baixa pressão (tempo ruim) parrudo. Não é bom brincar. Para evitar a frente, saímos cedo esta manhã.

Das 120 milhas do percurso, já cumprimos 90. O Mar Sem Fim joga de lado. Às vezes, quando a onda é maior, sou obrigado a me debruçar sobre o computador para segurá-lo. Na volta é preciso ficar atento para não cair para trás.

No meio do exercício, um enorme albatroz sai do cavado de uma onda e passa rente à janela, bem na minha frente.

Cena inusitada e bonita.

23/11/09

Caleta Hornos – Caleta Sur – Puerto Deseado

Pedrão tem se mostrado muito bom ao interpretar corretamente as informações meteorológicas que recebemos. Estamos sempre fugindo das frentes. Fizemos tranquilamente o percurso de Puerto Madryn até a Caleta Hornos, 200 milhas mais ao sul.

Depois de uma noite bem dormida, checamos a previsão. Teríamos de atravessar o golfo San Jorge, 120 milhas (216 km) até um novo abrigo na extremidade sul, o cabo Blanco. Navegamos com vento a favor.

Praias imensas estão desocupadas. Há poucas baías abrigadas. Para viver nestas latitudes, só mesmo com a gordura dos leões marinhos.

Dormimos uma noite atrás do cabo. No dia seguinte, navegamos para Puerto Deseado, 35 milhas abaixo, um dos mais importantes centros de pesca da costa patagônica.

Descobri algumas coisas interessantes relacionadas à atividade.

A maior parte da produção vem das províncias de Chubut e Santa Cruz.

Dos 72 navios pesqueiros da província, 45 ficam aqui. Perguntei sobre as normas, limites, responsabilidade e fiscalização.

Os pescadores informaram que numa mesma área há locais onde a pesca é livre, e outros, proibida. Como fiscalizar?

Simples, não são tantos barcos assim, há sempre um fiscal a bordo. Atualmente testam cameras de vídeo para registrar não só a pesca, mas o processamento feito nos porões. Eles desembarcam o produto embalado. A temporada de lagostim e merluza, tipos mais importantes, vai de março a outubro.

Perguntei o que acontece enquanto os pescadores esperam o defeso.

Simples de novo. Na Argentina não existe pesca artesanal como no Brasil. Os pescadores são empregados de empresas.

Durante a temporada recebem salário mais comissão. Na época do defeso, só o salário.

Essa questão é complicada no Brasil. Eu queria informações para comparar as soluções. Mas a maneira que eles operam, em escala baixa e com pouca gente envolvida, é impossível de ser aplicada em nosso caso. A quantidade de pescadores no Brasil é muito maior: quase um milhão. Desse total 90% são artesanais.

Hora de partir novamente.

Daqui para a boca do Estreito de Magalhães são 300 milhas. As previsões de tempo são as melhores.

27/11/09

De Puerto Deseado a Punta Arenas

São dez da noite de quinta-feira, dia 24 de novembro.

Saímos ontem de tarde de Puerto Deseado e já estamos a uma distância de 50 milhas da entrada do Estreito de Magalhães.

Acompanho de longe a navegação e manutenção do barco, assim posso me dedicar cem por cento aos programas, ao site, às fotos, aos boletins que passo para a Bandsports e Bandnews TV e aos contatos com a equipe de apoio em terra.

Na madrugada do dia 25 dobramos o cabo Virgines e entramos estreito adentro. Duas mil milhas navegadas desde Santos. Terminamos a etapa sem um problema sequer.

Na noite do dia 25 atracamos em Punta Arenas.

28/11/09 A 01/12/09

De Punta Arenas a Puerto Natales

Sábado, quando saímos, o dia estava lindo.

Céu muito azul e sol forte.

Os Andes chegam até aqui com seus picos nevados, encostas íngremes e cortes dramáticos.

Passamos a tarde gravando e fotografando. Antes do anoitecer, por volta das 22:30, saímos à procura de um abrigo.

Encontramos o lugar ideal na caleta Nutland, ilha Santa Inés. Nem bem fundeamos e surgiu um pequeno barco de pesca. Começamos a conversar enquanto eles atracaram a contrabordo.

Eram pescadores de centojas (tipo de caranguejo parente do King Crab, típico da região) que nos contaram da dura vida que levam.

Eles ficam até cinco meses embarcados, período que dura a temporada de capturas. De tempos em tempos, um barco maior recolhe o produto da pesca, entrega mais víveres e retorna para Punta Arenas.

Nossos amigos já estavam há três meses no mar. A embarcação quase não tem abrigo para três pessoas. Trocamos algumas latas de cerveja e uma garrafa de cachaça por dois baldes repletos de centojas. E continuamos o bate-papo.

Levei um susto quando vi atirarem as latas vazias na água. Então percebi que o barco era mínimo, não havia como guardar lixo. Tudo é jogado no mar.

No dia 30, pela manhã, retomamos o Estreito de Magalhães, navegando em direção ao Pacífico até chegarmos a Puerto Natales, antiga comunidade de pescadores.

12/12/09

De Puerto Natales a Ushuaia

Fizemos esta perna, 400 milhas, em uma semana.

No caminho pude finalmente visitar uma fazenda de criação de salmões. A maricultura ainda é um problema não resolvido no mundo. A ração usada é produzida à base de farinha de peixes. Espécies até agora sem valor econômico, deixadas de lado pelas frotas industriais, passaram a ser capturadas para se transformarem em alimento para as criações.

Para produzir um quilo de farinha é preciso entre três e quatro quilos de peixes.

O volume da carne produzida é sempre menor que o total consumido como alimento. A conta não fecha. A longo prazo é insustentável.

Nosso nível de consumo está esgotando os recursos naturais do planeta, ultrapassando em mais de um quarto a capacidade de reposição da biosfera.

Não é pouca coisa. A fatura será cobrada dos próximos que vierem.

A maricultura (no litoral) ainda traz dois outros problemas: poluição da água e conflitos sociais com os pescadores artesanais.

A história é interessante. Tudo faz lembrar a carcinicultura, criação de camarões em cativeiro, praticada no Nordeste brasileiro. Um escândalo ambiental que ajudei a denunciar ao produzir a série Mar Sem Fim para a TV Cultura.

Tanto na carcinicultura como nas fazendas de salmão, existe a introdução deliberada, com apoio do poder público, de uma espécie exótica. No Nordeste do Brasil cria-se um camarão originário do Pacífico, o *panaeus vanamei.*

Nos canais da Patagônia foi introduzida uma espécie oriunda do Hemisfério Norte: o salmão.

Ambas as culturas são praticadas em áreas públicas, "doadas" pelo Estado aos amigos...

Pior: qualquer criação intensiva aumenta o risco de infecção. Para prevenir, quantidades expressivas de antibióticos são jogadas nos tanques. Aos poucos estes rejeitos tóxicos, engrossados pelas fezes dos milhares de peixes, são depositados no fundo do mar.

O excesso de nutrientes (além de esgotos não tratados, poluição urbana e fertilizantes usados na agricultura) é rico em compostos de nitrogênio, carbono, ferro e fósforo.

Esses elementos alteram a composição química dos oceanos e favorecem a proliferação de algas e bactérias nocivas. Muitas vezes elas tingem a água de vermelho tamanha sua quantidade. Daí o nome "Maré Vermelha."

Este fenômeno contamina organismos marinhos, especialmente os filtrantes, como moluscos, mexilhões, ostras, caracóis e vieiras. Seu veneno, se ingerido pelo homem, pode matar.

O processo conduz à eutrofização (ausência de oxigênio – consumido pela floração nociva) e às zonas mortas.

A ONU calcula que hoje existem cerca de 600 zonas mortas espalhadas pelos oceanos. Medem de 2 a 70 mil quilômetros quadrados!

Você adivinhou. Nos canais da Patagônia existe maré vermelha crônica.

A empresa que visitamos usa tecnologia de ponta. No total tem 15 tanques, com 30 mil salmões em cada. O peixe demora 2 anos para atingir os 4 quilos, tamanho ideal para a despesca.

Os salmões são vigiados 24 horas por dia através de câmeras submarinas alimentadas por energia eólica, ou células de bateria solar. Doze funcionários, em turnos de seis por vez, tomam conta. Aparentemente o custo é baixo, até porque a área é "doada" aos amigos do rei... O produtor não precisa investir como fazem os fazendeiros por exemplo. A produção, ao contrário, é alta.

O Chile é o segundo maior produtor de salmões, só perde para a Noruega.

Mas há outro problema causado pela maricultura intensiva à base de ração. O salmão chileno tem a mesma cor e aspecto do peixe do Hemisfério Norte. Mas o gosto é de isopor. Totalmente insípido.

Seguimos.

Pegamos vários canais secundários até entrarmos no espetacular braço Noroeste do canal de Beagle, onde estamos agora.

De noite fundeamos na caleta Olla, já bem perto da entrada do Beagle. Amanhã chegaremos em Ushuaia.

Minutos depois de jorgarmos o ferro, um barco de pesca se aproximou. Eles têm o costume de parar a contrabordo do primeiro que ancora.

Para nossa sorte era o barco que recolhe a produção de centojas. Parte da frota pesqueira veio atrás. Ao todo éramos cinco barcos, um amarrado ao lado do outro.

A amabilidade nos rendeu duas panelas de centojas que foram ao fogo no ato.

Banquete dos deuses, vinho e cama.

Hoje o dia amanheceu cinzento e chuviscando. Quando entramos no Beagle, pouco tempo depois, o sol saiu e tomou conta do céu.

Esquentou em minutos. E assim permaneceu até chegarmos ao iate clube de Ushuaia. Ato contínuo o tempo virou. Enquanto o vento zunia, as cores murcharam. Perderam viço. O cinza chumbo tornou a dominar. E a temperatura despencou num átimo.

Humores das altas latitudes...

18/12/09

Ushuaia

A cidade é charmosa. Bonita, cercada por montanhas, cheia de vida no verão. Cosmopolita. Andando na rua ouvem-se francês, alemão, inglês, italiano, além do castelhano.

Do ponto de vista náutico não tem o que se compare. Estamos atracados no emblemático *Iate Clube Afasyn*, ao lado do famoso *L'esprit d'équipe*, veleiro vencedor de uma *Whitbread* (regata de volta ao mundo que precedeu a *Volvo Ocean Race*).

Do outro lado está o Saudades III, de um dos maiores conhecedores na região dos canais da Patagônia, autor do guia *Patagonia & Tierra del Fuego: Nautical Guide*, Giorgio Ardrizzi.

O Pelagic, do veterano Skip Novak (velejador campeão e participante de regatas de volta ao mundo), também está por aqui. Na terça, dia 15, chegou o Kotic, de Oleg Bely. Barco e capitão mitológicos. Ele foi um dos primeiros a fazer viagens privadas para a Antártica. Oleg é respeitado mundo afora.

No dia seguinte Oleg veio a bordo. O velho Lobo do Mar é muito simpático. Sentamos na mesa com as cartas náuticas abertas e estudamos o roteiro antártico. Ele nos deu dicas sobre lugares especiais. Passamos a manhã batendo papo.

Tudo pronto.

Reabastecemos para uma longa etapa: mais um mês, desta vez quase sem escalas em cidades. A única, prevista na rota, é a pequena Puerto Willians, distante 23 milhas.

Enquanto aguardava a hora da saída, foi inevitável novo retrospecto de minhas viagens marítimas. O Albardon foi uma boa escola. Que saudades eu tenho daquele tempo! Nos anos 1960, conheci a baía de Angra do Reis e Ilha Grande, sem uma casa sequer de veraneio. Ficávamos totalmente isolados, cercados de mata atlântica, com praias vazias, água do mar quente e limpa como se fosse piscina. O bom humor reinava. Não havia encrenca, broncas, nada disso. Só o mais puro prazer. Tenho plena consciência do privilégio que foi conhecer a costa entre São Paulo e Rio antes da abertura da BR 101. Totalmente virgem!

O barco fazia meu pai mudar. Incrível. Do homem tenso, às vezes "áspero", da cidade, sempre preocupado com a situação política, a economia, o Brasil enfim, ele se tornava uma pessoa alegre, solta, até mesmo sua sensibilidade, reprimida em São Paulo, aflorava naturalmente a bordo. Quando o dia estava bonito e o mar alisado, cantava canções napolitanas, ou hits de Frank Sinatra. Ele tinha uma voz linda, era afinado, muito musical, tocava piano e violão de ouvido. Enquanto isso, minha mãe se esbaldava de tanto tomar sol deitada em colchões na proa do barco. Aquilo era a vida que pedi a Deus! Nessas viagens mais longas, papai não pescava com o Albardon, que ficava fundeado, mas de bote.

Enquanto ele se fartava de fisgar badejos, enchendo o fundo do bote com eles, eu me divertia com os amigos dos barcos vizinhos.

Passava de um para o outro. Almoçava quase sempre na Seresta (do pai de meu amigo Plínio), depois saía para curtir a região no bote com Plininho.

Também eram frequentes as visitas ao Adriana, de tio Caco, onde fumávamos escondido. Quando ele percebia, fazia cara feia, como um professor a apontar o dedo em nossa direção dizendo vagarozamente: "*L-homme qui fume...* ", mas não contava para papai.

Tio Caco era um tipo curioso. Excelente aviador, pilotava o próprio avião, um monomotor. Com ele aprendeu navegação e acabou se tornando um "ás", pelo que me contavam os amigos e parentes. Saía de Jundiaí e voava para Ilhabela, onde tinha uma casa na praia do Saco Grande.

Também era navegador, desde aqueles distantes anos 1960 já tinha um barco, "Pueblo", e caçador refinado. Frequentava a Mata Atlântica atrás de macucos. Tinha ótimas armas e piava com perfeição. Tio Caco gostava do ar, do mar e do mato, mas especialmente de passarinhos. Conhecia o nome científico e os hábitos de cada um. Quando meu pai decidiu comprar um barco foi ele que mostrou as opções. Surgiu o velho e bom Albardon em minha vida.

A Travessia

Diário de bordo da viagem, publicado no site www.marsemfim.com.br, com o objetivo de gravar documentários para a TV e investigar problemas ambientais.

Segunda parte

2/1/2010

Depois de abastecer para pelo menos dois meses no mar, saímos de Ushuaia, domingo, 20 de dezembro.

Nesta etapa tivemos o reforço de Edgar Martin a bordo, sugestão de Pedrão, para que eu pudesse me dedicar aos documentários.

Puerto Williams, no Chile, 23 milhas abaixo, foi a primeira escala. Um aglomerado de casas, ar bucólico, em torno de uma base naval onde vivem cerca de 2 mil pessoas.

O Iate Clube Micalvi, mantido pela Armada chilena, é a cereja do bolo. A sede fica em um navio encalhado. Dentro, há um aconchegante bar, ponto de encontro de navegadores das altas latitudes. Dormimos fundeados ao lado do molhe.

No dia seguinte (21/12), cedinho, recebemos os oficiais da imigração. Em seguida saí para um rápido giro. Ao voltarmos, a boa notícia:

a meteorologia indicava que estava se abrindo uma janela de tempo suficiente para o Mar Sem Fim cruzar o Drake (50 horas para as 450 milhas).

No primeiro dia, rumo às ilhas Elefant conforme o planejado, teríamos ventos de Noroeste, com até 30 nós e vagas de 3 a 3,5 metros. Elas iriam nos pegar na alheta de popa, por boreste (direita).

A tática proposta por Pedrão, para evitar os ventos de través (de lado), é navegar para a ilha Elefant dando a popa do barco ao vento.

Nas primeiras horas, o Mar Sem Fim surfava a quase 10 nós. Eu estava otimista e confiante. O primeiro dia, aquele em que teríamos o pior mar, estava se mostrando de boa lide. Às onze da noite, o vento rondou de Noroeste para Sueste. E se aquietou nos seis nós de velocidade. Um dia emocionante. Durante horas fomos escoltados por albatrozes. O planeio da ave sobre as vagas, asas abertas superando três metros de envergadura, é espetacular.

Do astrônomo, matemático, inventor e marinheiro, Edmond Halley, o primeiro a realizar uma viagem de cunho científico ao oceano austral, no século XVII, passando por James Cook, no século XVIII, ou Shakleton e companhia, na fase heroica da conquista da Antártica, final do século XIX, começo do XX, o albatroz sempre foi uma unanimidade: a síntese perfeita das águas austrais.

Mais tarde, quando recebemos informação sobre mau tempo para os lados da ilha Elefant, no fim desta semana, mudamos o rumo. Navegamos mais para o Sul, em direção à ilha Deception, onde há bom abrigo.

No dia 23 acordei cedo. Coloquei uma roupa pesada e iniciei meu turno às seis da manhã. Como sempre, ao assumir, marquei nossa posição na carta. Em seguida medi quanto faltava para a chegada. Fiquei feliz. De madrugada teremos terminado a travessia.

Duas horas depois passei meu turno ao Pedrão e voltei para a cabine. Ainda estava me enrolando, tentando fechar as brechas do saco de dormir quando percebi mudanças na rotação dos motores.

Pulei da cama. Não acreditei quando cheguei na sala. A porta da casa de máquinas estava aberta. Lá de baixo vinham as vozes de Alonso e Pedrão falando sobre reversores... Meus Deus, não pode ser. Não aqui!

Contar o que passamos faz lembrar cada momento. E são recordações difíceis. A angústia produz um monte de perguntas e dúvidas que assaltam minha cabeça: como é possível perder dois reversores ao mesmo tempo? Já é raro acontecer com um. Dois, ao mesmo tempo, nunca ouvi falar. Mas foi justamente o que aconteceu conosco.

Meus reversores foram revisados mais de uma vez por representantes da fábrica.

Mas, faltando pouco mais de cem milhas até as Shetland do Sul, os dois pifaram ao mesmo tempo.

Quebraram os dois acoplamentos, uma espécie de engranagem de borracha que, ao engatarmos os motores, se unem a outras que saem do motor fazendo com que os eixos girem.

Ficar sem reversor significa estar a pé. Os motores funcionam, mas o barco não sai do lugar.

Ao perceber a situação, chamamos pelo rádio as bases chilenas em que fizemos escala, Puerto Williams e Porto Toro. Passamos nossa posição, explicamos a pane e aguardamos. Menos de uma hora depois nova troca de mensagens. Um navio da Armada chilena, distante pouco mais de cem milhas, estava a caminho. Eram cinco horas da tarde do dia 23 de dezembro. Felizmente Deus estava conosco. A esta altura o mar era de almirante: totalmente alisado.

Na manhã seguinte chegou o rebocador Lautaro. Graças a ele chegamos em Rei George no dia de Natal. O Lautaro nos rebocou.

Abatidos, mas sem perder o ânimo ou a iniciativa, fizemos telefonemas para conversar com mecânicos e peritos.

Em seguida, encomendamos os novos acoplamentos. Nossa equipe de apoio em terra mostrou eficiência. Em questão de horas o pacote estava pronto. Para não perder tempo, Regina, minha assistente, levou-o pessoalmente até Punta Arenas, onde foi entregue na companhia aérea que opera voos para a ilha Rei George.

As peças chegaram no dia 31 de dezembro. No mesmo dia o Mar Sem Fim voltou a navegar.

Com tudo pronto, no primeiro dia do ano deixamos as Shetland do Sul em direção às Ilhas Argentinas na Península Antártica.

Navegamos para a latitude 65º e 14 minutos Sul, o mais próximo do Polo Sul (que fica nos 90º Sul) que devemos chegar.

De lá retornaremos devagar, costeando o litoral da Antártica até chegarmos de volta às Shetland, onde temos um encontro marcado na base brasileira Comandante Ferraz.

Nosse momento reina a paz. O moral subiu e a confiança se renova.

Navegamos pelo estreito de Gerlache, um dos cenários mais espetaculares que conheci.

O estreito está repleto de icebergs de todos os tamanhos, formas e cores. É deslumbrante.

09/01/10

Ilhas Argentinas, 65°14' Sul, até Cuverville Island, 64°41' Sul

A região das Ilhas Argentinas, local da antiga base inglesa Faraday, hoje ocupada pela ucraniana Vernadsky, é espetacular.

O trajeto já é um prêmio. É preciso atravessar o estreito de Gerlache. Depois, o canal Lemaire, que tem cerca de 600 metros na parte mais estreita.

Nas suas margens, imensas montanhas disputam espaço, algumas com altura de mais de 2 mil metros. Elas sobem verticalmente como torres de granito negro. É estonteante navegar ao lado. Dá medo. A neve acumulada nos picos e encostas forma imensas geleiras que despencam para o mar. Enquanto isso, no estreito, alguns icebergs velejam ao sabor dos ventos. Outros, encalhados, de perigo à navegação, passam a ser a principal atração.

A oferta de situações, paisagens e sensações inusitadas é gigantesca para um espaço nem tão grande: o Gerlache tem 90 milhas de comprimento. O Lemaire não passa de sete.

Quanto mais a navegação avança para o Sul, mais extraordinários ficam os cenários. É arrebatador. O colorido em dias de sol é outro atrativo. As tonalidades são especiais. Nunca vi luz igual. Com o ar limpo, poluição próxima do zero, a vista alcança distâncias inimagináveis. Perde-se a referência pela falta de costume de enxergar tão longe.

No verão, nessas latitudes, não há mais noite. São 24 horas de ótima visibilidade em dias de céu aberto. O sol bate forte quase até às 23 horas. Depois, some. Ameniza, mas não chega a ficar escuro.

Descendo para o Sul, a partir das Shetlands, a coisa começa a ficar séria na travessia do estreito de Gerlache.

Adrian de Gerlache foi o organizador da expedição belga de 1897-1899 e o primeiro a invernar na Antártica. O Brasil deve a ele alguns nomes de topônimos na Antártica.

Antes de chegar a Antártica, o belga fez escala no Rio de Janeiro (não foi o único navegador polar a escalar nesta cidade), onde convidou, sem sucesso, pesquisadores brasileiros para se engajarem na viagem. Mesmo assim Gerlache batizou acidentes geográficos com nomes tupiniquins como as ilhas ou penedos, Luis Crulls, na latitude 65° e 13 minutos Sul.

Outro grupo de pequenas ilhas recebeu o nome Sampaio Ferraz (65° e 8' Sul), em homenagem a Joaquim Sampaio Ferraz, na época chefe do serviço de meteorologia brasileiro.

Apesar da homenagem, acredito que meia dúzia de pessoas conheçam esta história. Descobri ao entrevistar o professor e decano dos brasileiros na Antártica Rubens Junqueira Villela. Ele ainda lembrou que Jean Batiste Charcot, filho do famoso neurologista, organizador da expedição francesa de 1908/1910, fez igual: escalou com o seu *Pourquoi-pas*? no Rio, e também batizou acidentes com nomes de brasileiros ilustres, entre eles o monte Rio Branco (latitude 65° e 26 minutos Sul) e o monte Alexandrino de Alencar, na época Ministro da Marinha.

A costa brasileira, a partir da chegada de Cabral e até o fim da era dos navios a vela, passou a ser um dos principais pontos de parada para os navios que se dirigiam aos "mares do Sul", como se dizia na época, e que hoje são conhecidos como "oceano austral". Devido ao regime de ventos e correntes do Atlântico Norte (que giram no sentido do relógio) e os do Atlântico Sul (que fazem o sentido inverso), era inevitável parar aqui (ou nas Falklands/Malvinas) para qualquer navio que viesse do Hemisfério Norte. Thadeus von Bellingshausen, chefe da expedição russa dos navios Vostok e Mirny, em sua épica viagem de 751 dias, percorrendo 57 mil milhas sem perder um único homem, "uma viagem capaz de rivalizar com a de James Cook" (Alan Gurney, autor de "Abaixo da Convergência"), um dos quatro supostos "descobridores" do continente Antártico, fez escala no Rio de Janeiro na ida, 1819, e na volta de sua expedição, em fevereiro de 1821, antes de retornar ao seu país. Os outros, a quem se atribui a "descoberta", são o norte-americano Nathaniel Palmer, o francês Dumont d' Urville e o inglês John Biscoe que também fez escala no Brasil quando voltava da terceira circunavegação do Continente Branco, em 1833, em Santa Catarina.

Chegamos na base ucraniana na madrugada do dia 3 de janeiro. Encontramos o Kotic na mesma baía. O veleiro de Oleg Belly tem entre os passageiros quatro brasileiros, dois paulistas e dois mineiros.

À noite, convidados pelos ucranianos, visitamos Vernadsky. O lugar é emblemático. Foi aqui, nos anos 1980, quando ainda era a base inglesa Faraday, que pesquisadores descobriram o buraco da camada de ozônio na atmosfera.

Passamos a noite batendo papo, tentando entender o enigmático inglês dos ucranianos. Foi divertido. Ao darmos uma garrafa de cachaça de presente, eles desdenharam e perguntaram sobre o teor alcoólico. Olhei o rótuo e respondi: 40 graus.

Humm, grunhiu um deles com indiferença, nossa vodca tem 47º...

Das Ilhas Argentinas para Port Lockroy, um dos locais mais visitados na Antártica.

A chegada foi nervosa. O Nordeste, o pior vento por aqui, soprava com força. Nas rajadas superava 50 nós (90 km/h). Foi um custo até atingirmos ao lugar ideal para soltar o ferro. Quando estávamos quase lá, entrava um rajadão que jogava a proa do Mar Sem Fim, como se fosse um brinquedinho, para o lado oposto. A manobra tinha que ser recomeçada, conseguimos fundear depois de várias tentativas.

Port Lockroy é um sítio histórico da Antártica. Há uma base inglesa construída em 1945 que é mantida como museu. Os jornais, ferramentas e instrumentos científicos usados pelos pesquisadores ainda estão lá, assim como latas de comida e até um gramofone de manivela funcionando, com vários discos em 78 rotações à disposição dos visitantes.

Aproveitei para mandar cartões postais para meus filhos Luis e José. Já faz dois meses que não nos vemos. A saudade aperta... Port Lockroy funciona como posto de correio, desde que você não tenha pressa. Uma carta pode demorar até dois meses para ser enviada. Em compensação, o selo é uma bela imagem do Endurance, o navio da expedição de Ernest Shakleton, e o carimbo do correio, um charmoso grupo de orcas ou pinguins.

De Locroy para a base Palmer (homenagem ao foqueiro norte-americano Nathaniel Palmer), dos Estados Unidos, onde reencontramos o Kotic.

Dois dias depois navegamos para a baía Dorian, local escolhido por Amyr Klink para uma invernagem que o consagrou como navegador polar. Descobri que, além de competente, tem bom gosto. A baía é magnífica.

A propósito, Amyr está chegando. Temos trocado e-mails. Há uma boa possibilidade de o Mar Sem Fim e o Parati 2 se encontrarem em Melchior em dois ou três dias.

De Dorian navegamos para Paradise Harbor, outra linda baía. Já não sei que adjetivos usar. Esgotei o estoque. Eles se desgastam. Basta mudar de lugar e navegar quinze, vinte milhas. Pronto: uma sucessão de paisagens soberbas obriga a vasculhar os superlativos. Acredite, o litoral da Antártica é obra de gênio.

O continente é extraordinário. O mais frio, seco e com maior altura média do mundo. São 5 a 6 quilômetros de neve acumulada sobre sua superfície. Seu tamanho é de 14 milhões que quilômetros quadrados, uma vez e meia o espaço do Brasil. E no inverno, com o congelamento das águas adjacentes, mais que dobra: 30 milhões de quilômetros quadrados.

Quando penso nisso fico ainda mais feliz "pelo feito ousado". Nunca senti tantas e tão fortes emoções. Elas confirmam o que disse o poeta: "o esforço é grande, e o homem é pequeno". Este ambiente semi-virgem, desenhado com capricho pela geologia através das eras, povoado por uma resistente fauna de mamíferos marinhos quase levada à extinção pela insensibilidade humana, hoje nos perdoa, acolhe e convida. "A alma é divina e a obra imperfeita", acertou Fernando Pessoa. Cada segundo aqui vale uma hora. Cada hora um dia. Cada dia uma semana. Cá estão os superlativos de novo...

08/01/10 a 13/01/10

De Cuverville, latitude 64° e 41' S, até a ilha Trinity, latitude 63° e 54' S

Dia 8 de janeiro chegamos em Cuverville Island. Estamos cercados por montanhas nevadas e diversos icebergs encalhados no entorno.

Nos morros, em volta, uma pinguineira e uma infinidade de pássaros em permanente algazarra.

O tempo continua espetacular. Desde que saímos das Ilhas Argentinas só tivemos dias esplêndidos, com sol, céu azul e quase sem vento.

Ao chegar em Cuverville decretei feriado. Ninguém trabalhou. Eu estava muito cansado. Estressado também. Fazer uma série de documentários com uma equipe de apenas três pessoas, num lugar onde tudo é contra a presença humana, não é moleza. A tensão, pela difícil navegação, provoca o cérebro 24 horas por dia. O Mar Sem Fim é um dos poucos barcos a motor a enfrentar essas águas. E não tenho dúvida em afirmar que, entre os *trawlers*, o nosso é o menor. Faz quase três meses que estamos embarcados. Nem todos estão acostumados a viagens desse tipo, ou a ficar tanto tempo isolados. O comportamento se altera e a harmonia desanda. Lidar com isso é complicado. A rotina é diferente, requer esforço coletivo, boa vontade, gênio bom, tolerância. Mas há quem não perceba o privilégio de uma viagem como essa. Então é preciso administrar as diferenças e trabalhar o tempo todo.

Fizemos um almoço numa ilhota no meio da enseada. Como tantas outras baías abrigadas, esta era um antigo porto de caçadores. Armamos nossa mesa em cima de um antigo bote abandonado pelos caçadores de focas-de-pelo, na primeira metade do século XIX, e por baleeiros (na primeira metade do século XX). Numa saliência de pedra havia uma grossa corrente colocada para amarrar os navios. Nada de novo. Já no século XIX esses formidáveis marinheiros, os foqueiros e baleeiros, abriram o caminho. Eles eram corajosos, destemidos e ousados.

Os navios foqueiros tinham o mesmo comprimento do Mar Sem Fim, 20 metros em média, já a boca (largura máxima) era bem maior, em alguns chegava a oito metros. Ao invés da tecnologia que temos, como casco de alumínio, ploter, GPS, ecossonda, radar, telefone satelital, motores e geradores, eles contavam apenas com bússola, sextante e velas em um casco de madeira. Uns poucos tinham cronômetros, invenção ainda recente e rara, em foqueiros. Não levavam cartas náuticas. Não havia. Foi graças a esses marinheiros que os mapas das altas latitudes começaram a ser desenhados.

Jogamos a âncora pela proa e amarramos o barco nas pedras, pela popa. Enquanto comíamos, um grupo de baleias passeava em volta.

Era possível ouvir o respiro ao saírem à tona. Olhávamos e víamos o dorso do animal a menos de 20 metros. Que almoço!

De Cuverville navegamos 20 milhas para o Norte, até a ilha Interprize, onde fundeamos ao lado de um baleeiro encalhado. Eles estão sempre presentes na Antártica. Alan Gurney, no já citado livro, resume: "em contraste com o quadro perverso de cobiça e brutalidade estão a competência marítima e a coragem dos caçadores", muitos dos quais protagonistas nas descobertas das ilhas adjacentes, e do próprio continente antártico.

No dia seguinte investigamos. Desci no navio, achei uma ponta de arpão enferrujada, gravamos uma passagem para os programas de TV e navegamos de novo.

Mais 30 milhas. A meteorologia continua favorável. Na maior parte do tempo o barômetro está alto, céu aberto.

Atravessamos o estreito de Gerlache, entramos na baía Dalamann, e seguimos mais um par de milhas até chegar ao arquipélago Melchior, formado por 40 ilhas e ilhotas.

No dia seguinte visitamos mais uma base da Argentina, próxima de onde fundeamos. O Destacamento Melchior está semissoterrado e deserto. Mais uma temporada e é capaz da neve cobrir tudo. Os argentinos insistem que a Antártica faz parte do território deles espalhando bases onde podem.

O Chile também. Ainda ontem estivemos num refúgio chileno abandonado.

Tenho a impressão de que procuram criar uma situação de pretensa ocupação para, no futuro, caso haja mudanças nas regras do Tratado Antártico, poderem reivindicar sua parte no território. Os dois países têm companhia: Inglaterra, França, Noruega, Austrália e Nova Zelândia acreditam ter o mesmo direito.

De noite chegou o Paratii 2. Tivemos um rápido encontro com Amyr e Marina Klink. Tomamos uma taça de vinho, trocamos informações sobre nossas viagens, recebemos notícias frescas do Brasil e zás-trás: Amyr seguiu para o Sul e nós para o Norte.

Viemos para a ilha Trinity onde chegamos ontem de tarde (13/1). Daqui seguiremos para Deception, depois para as Shetland do Sul.

15/01/10 A 20/01/10

Trinity, 63º 54'S – Livingston, 62º 38' S – Rei George nas Shetland do Sul

Nevava quando deixamos Trinity. Era 15 de janeiro. Uma sexta-feira fria e cinzenta. Nosso destino, Deception, outro *hit* da Antártica.

Esta manhã recebi um e-mail do Ary Rongel marcando encontro em Ferraz, nas Shetland do Sul, para 25 de janeiro. A Marinha do Brasil apoia o Mar Sem Fim.

Eles vão nos reabastecer. Temos combustível suficiente para chegar em Ushuaia. Mas não queremos atravessar o Drake muito leves. Quanto mais peso, maior a estabilidade.

Deception é uma cratera de um vulcão. Tem 8 milhas de diâmetro. Ela emerge em pleno estreito de Bransfield, porção de mar que separa as Shetland do Sul da Península Antártica.

A ilha foi descoberta em 1819 por navios foqueiros. Depois de quase extinguirem estes animais, chegaram os baleeiros. Em 1906 noruegueses e chilenos trouxerem a primeira fábrica flutuante. Em 1914/1915, já havia treze estações operando.

A matança durou até 1931. E só parou porque o preço do óleo caiu em razão de novas tecnologias (gás de carvão). A caça da baleia quase acaba com este animal. Algumas espécies reduzíram para cerca de 5% de sua população original.

Na temporada de 1830/1931, a captura da baleia azul, o maior animal do planeta (30 metros e 120 toneladas em média), chegou ao impressionante número de 31 mil (Alan Gurney, *Abaixo da Convergência: Expedições à Antártica 1699-1839*). Esta população jamais se recuperou. Estimativas recentes sugerem que não existam mais de 3 mil delas. Metade no Hemisfério Sul, a outra metade, no Norte. De acordo com o professor Vicente Gomes, da USP, a baleia azul, cujo coração é do tamanho de um carro pequeno, caminha para a extinção: "a taxa de natalidade é baixa enquanto a de mortalidade, alta"...

Depois de depredar, o homem decidiu estudar para conhecer, preservar... E repovoar. E vieram as estações científicas. Hoje, Espanha e Argentina mantêm bases temporárias em Deception.

O vulcão que originou a ilha não está extinto. Apenas adormecido. A última erupção foi em 1991/1992. Que o sono seja profundo e dure mais dois ou três dias, tempo suficiente para encerrarmos a visita.

Hoje, domingo, 17/1, descemos em terra para as primeiras explorações. O tempo está feio, nublado e chuviscando. Andamos um pouco pelo perímetro de Telefon Bay onde ancoramos. Mas o exibido Nordeste não se conteve. Começou soprando a 10 nós. Vinte minutos depois, saltou para 30. As nuvens desceram quase ao nível do mar. Acabou a visibilidade e começou a chover. Antes de chegarmos ao barco, já estava na casa dos 40 nós.

Mesmo ancorado, o Mar Sem Fim dança de um lado para o outro ao sabor das rajadas. Estamos fechados na sala. Aquecedores ligados, esperamos o vento amainar.

Dia 19, às 4 horas da tarde, o Mar Sem Fim saiu pelo boqueirão que dá acesso à cratera, conhecido como Foles de Netuno.

Navegamos para Livingston, nas Shetlands do Sul, a 20 milhas de distância. Esta é uma ilha muito pouco visitada em razão do microclima ruim. Ela vive envolta em neblina, é inédita na TV.

Oito da noite. Estamos a um quarto de milha de Livingston e não enxergamos mais que fumaça... De vez em quando a neblina se dissipa. Abre uma janelinha. Conseguimos ver paredões cobertos de neve. A aproximação é tensa. Há pedras em volta e não temos a carta náutica de detalhes. Navegamos pelo radar.

Não vale o risco. Conversei com Pedrão e abortamos. Seguimos para a Rei George, distante 40 milhas.

Era madrugada quando fundeamos na enseada Potter, na baía Maxwell, em Rei George.

Mais um ou dois dias e estaremos na base Ferraz.

28/01/10

Estação Científica Comandante Ferraz

Chegamos na estação brasileira dia 21 de janeiro, um mês depois de sairmos de Ushuaia.

A base instalada na ilha Rei George, desde 1984, fica no fundo da baía do Almirantado, enseada Martel.

Ao desembarcarmos fomos recebidos pelo chefe, Glenio Borges da Silva. Ele nos mostrou cada detalhe da construção feita com contêineres.

Barcos pequenos costumam evitar essa área. Quando eu disse que viria, não foram poucos os que desaconselharam alegando péssimas condições de meteorologia. Pode ser que tivessem razão. Mas como fazer documentários sobre a Antártica, para a TV brasileira, sem mostrar a nossa estação?

Rei George foi descoberta em 1820 pelo foqueiro William Smith, que tinha fretado seu navio aos ingleses. Edward Bransfield, oficial da marinha britânica, comandava a viagem e tomou posse da ilha em nome do Rei George III.

Em seguida os foqueiros a ocuparam. O extermínio não demorou. A pele das focas era valiosa para os chineses, que dominavam a técnica da peleteria. Cada uma era vendida por cerca de cem dólares, valor altíssimo na época.

Para se ter uma ideia da resiliência das focas, vale citar um trecho de *O Império Imóvel*, livro em que o sinólogo francês, Alain Peyerefitte, conta as aventuras de George Macartney designado embaixador extraordinário junto ao imperador da China, em 1793 (portanto 27 anos de a Antártica ser avistada), para abrir as portas daquela nação ao comércio mundial: "O Ocidente, naquela época," diz ele, "nada sabia sobre a China, mas não podia dispensar os produtos chineses: seda, peles, especiarias". Quando a esquadra inglesa chega na ilha de Amsterdã (no oceano austral) eles avistam "três franceses e dois ingleses que haviam desembarcado nesta ilha deserta para aprontar uma carga de 25 mil peles de focas e depois vendê-las em Cantão." Prossegue o autor: "esses homens iam se extenuar juntos, arrancando a pele de vinte e cinco mil carcaças que deixariam apodrecer na praia." E conclui: "Eis aí até que ponto de barbárie, já naquela época, podia levar a loucura por peles que tanto agravadavam aos mandarins. As peles eram o único artigo, além do ópio, passível de ser escoado na China."

Antes de as ilhas periféricas da Antártica serem descobertas, os caçadores de focas já haviam praticamente exterminado as que haviam nas Falklands/Malvinas, Geórgia do Sul e Juan Fernández (na costa chilena). Em 1797, o americano Edmund Fanning, comandante do brigue Betsey "vendeu aos chineses 100 mil peles de focas, a maior parte das quais produto de caçadas em Juan Fernández (Alan Gourney). O mesmo autor escreve que "Amasa Delano – caçador de foca e ancestral de Franklin Delano Roosevelt – calculou que mais de 3 milhões de peles de foca foram levadas destas ilhas num período de sete anos. Por volta de 1807 as focas estavam virtualmente exterminadas."

Depois que o homem começou a frequentar as ilhas próximas da Antártica a partir de 1819, a matança, inicialmente das focas-de-pele e elefantes marinhos, e mais tarde, das baleias, não conheceu ímpeto menor...

Enquanto as peles viravam roupa no exterior, o óleo, extraído dos elefantes marinhos, era usado para iluminar as ruas de Londres ou lubrificar as máquinas da revolução industrial. Duas ou três temporadas depois já não havia focas ou elefantes marinhos nas Shetland do Sul.

Na esteira deles chegaram os baleeiros. Não há quase nenhuma baía, relativamente abrigada deste arquipélago, que não tenha se transformado em estação baleeira.

Ao lado da estação brasileira existe um esqueleto de baleia, hoje atração turística, montado com ossos de diversas espécies por Jacques Cousteau, que visitou Rei George nos anos 1970. Parece um monumento fúnebre para lembrarmos desse período obscuro de nossa história.

A caça da baleia na Antártica começou do final do século XIX ao princípio do século XX, mas foi intensificada depois dos anos 1940 quando surgiram os navios-fábrica. O morticínio então "foi realmente pesado", como disse o especialista da USP, Vicente Gomes.

É espantoso que ainda haja focas, leões-marinhos e alguns tipos de baleias nos mares do planeta.

Na estação Ferraz, o Capitão de Fragata Glenio Borges da Silva ajudou no que pôde. No dia seguinte à chegada, saímos a campo, quer dizer ao mar, com uma equipe liderada pela bióloga Lucélia Donatti, que faz pesquisas sobre peixes.

Passeio divertido em que aprendi sobre a vida marinha na Antártica.

Aqui existem cerca de 300 a 350 tipos de peixes. A maior parte não tem valor econômico. Mesmo assim duas espécies já estão ameaçadas de extinção em razão da sobrepesca (o homem não aprende...): a merluza negra e o bacalhau marmorado.

Quem pesca? Até certo tempo atrás, oficialmente (sempre há os que fazem às escondidas), o Japão.

Atualmente preferem o krill, base da cadeia alimentar, e baleias, como todo mundo sabe. Para "pesquisas", alegam, com total desfaçatez!

É inacreditável que um país com o nível cultural do Japão não se incomode em ter sua imagem atrelada a questões como estas.

A gentileza do pessoal da estação permitiu que cada tripulante tomasse o primeiro banho na Antártica. Que maravilha, mais de um mês sem tomar banho não é brincadeira!

Enquanto aguardamos a chegada do navio Ary Rongel, visitamos a base polonesa Arctowski, instalada na ilha desde 1977.

Foi emocionante o modo como nos receberam. Era visível o esforço para que nos sentíssemos à vontade. A estação praticamente parou para receber o Mar Sem Fim. Chegaram ao ponto de hastear a bandeira brasileira no mastro em frente ao prédio principal.

Por dentro a base é uma graça. Construída em madeira, o salão principal parece cenário de Walt Disney, aconchegante e charmoso. Houve mútua empatia.

Na Antártica as portas estão sempre abertas. Em qualquer base que você chega sempre é bem recebido.

Na madrugada de ontem, 27/1, finalmente o Ary Rongel fundeou ao nosso lado.

Hoje a função começou cedo e está sendo frenética. Pela manhã nos aproximamos da praia para reabastecer os tanques de água doce do Mar Sem Fim. Em seguida atracamos a contrabordo do Ary Rongel para pegar diesel.

A hora de dizer adeus se aproxima. Esta semana fizemos contato com nossa meteorologia. Parece que está se abrindo uma janela de tempo para amanhã, dia 29.

Vem aí uma nova travessia do Drake.

30/01/12

Abortando a travessia

Nesta sexta-feira, 29/1, deixamos a enseada Martel às onze e meia da manhã. Apesar da previsão recebida não ser a ideal, Pedrão achou possível cruzar o Drake.

O prognóstico indicava que teríamos ventos favoráveis na sexta, primeiro dia de navegação. No sábado permaneceriam no mesmo quadrante, mas diminuiriam de intensidade. Domingo piorava. Ventos contrários, vindos do Norte, com média de 25 nós e rajadas de até 30.

Finalmente, na segunda-feira, 1º de fevereiro, dia que chegaríamos no Cabo Horn, os ventos continuariam do Norte, em média com 20, 22 nós de velocidade.

Duas horas depois de termos iniciado a navegação, recebemos outro prognóstico. E não gostei nem um pouco do que li.

Em geral as condições para sexta e sábado se manteriam. Mas domingo pioravam muito. A intensidade dos ventos aumentava: média de 25 a 35 nós, com rajadas de 45 a 50, quase cem quilômetros por hora. E contra nosso avanço.

Para este dia, prosseguia o texto, as ondas subiriam para 12 até 18 pés, ou seja, cerca de seis metros de altura! Refletindo sobre a situação, decidi interromper a travessia.

"Pedrão, meia volta, volver", pedi.

Estamos de volta à enseada Martel, fundeados defronte à estação Comandante Ferraz, bem próximos do Gigante Vermelho. Aqui aguardamos melhores condições.

No dia seguinte, em 31 de janeiro, recebemos novo e melhor prognóstico.

Agora, sim, a janela é boa.

06/02/10

Da enseada Martel, nas Shetland do Sul, a Ushuaia

Depois de 40 dias espetaculares na Antártica, zarpamos às cinco horas da manhã, do dia 1º de fevereiro. Navegamos para fora da baía do Almirantado, dobramos o cabo Melville, extremidade da ilha Rei George, e entramos no Drake.

As ondas de Oeste tinham 2 metros de altura. Eram vagalhões com períodos grandes entre eles. O Mar Sem Fim subia lentamente, balançando de lado, depois embalava e descia surfando. O vento Sul, de 15 nós, vinha pela popa. O rumo era quase Norte puro: 305º. O barco navegava a mais de 7 nós.

A primeira singradura, 24 horas depois, marcou 184 milhas. Média de 7,6 nós. Nada mal. A segunda, às cinco horas da manhã de quarta-feira dia 3, mostrava melhoras: 190 milhas. A média subiu para 7,9 nós. No terceiro dia o sol apareceu junto com os albatrozes que nos acompanharam até o Horn.

Eram dez e meia da noite quando fundeamos na caleta Leon, ao pé do farol da ilha de Hornos, para passar a noite. Demoramos 65 horas e meia nesta perna.

Nesta manhã, às nove e meia, o Mar Sem Fim cruzou o mítico cabo Horn. A viagem acabou. Falta atracar em Ushuaia. Foram 5 mil milhas de emoções.

Depois das filmagens subimos pela baía Nassau até passarmos entre as ilhas Lennox e Nueva, onde decidimos fundear para passarmos a noite. Durante o trajeto abri uma champagne, sentei na poltrona ao lado do comando e curti cada milha navegada. Ventava sudoeste. Trinta nós. As ondas tinham 2,5 a 3 metros. Os períodos eram curtos. O barco jogava. No comando, Alonso, Manoel e Edgar não davam bola. Disputavam uma partida de dominó enquanto o barco seguia seu caminho no piloto automático. Eu ouvia música, tomava uns goles e olhava em volta. Às vezes percebia que divagava: os olhos fixos num canto, a cabeça em outro. Era mais um flash, uma recordação.

As sensações ainda estão frescas na memória. Procuro uma palavra que possa descrever o que senti. Difícil escolher. Uma mistura de orgulho e felicidade.

No dia seguinte, 5 de fevereiro, quando acordei, faltava pouco para Puerto Williams. Fiquei feliz ao chegar. O bar, no convés do navio/iate clube, já está reformado e voltou a abrir. À tarde fizemos os papéis de entrada.

Agora vamos provar o famoso Pisco Sour e comemorar o final da viagem.

Às onze e meia da manhã do dia 6 de fevereiro de 2010, fundeamos em Ushuaia.

Dois anos em Ushuaia

Quando terminou a viagem à Antártica, em fevereiro de 2010, em vez de voltar ao Brasil decidi deixar o barco em Ushuaia para explorar os canais da Patagônia.

Desde criança eu ouvia falar desse finalzinho da América do Sul. Era algo mitológico para mim.

Sem falar no aspecto da história náutica, uma de minhas paixões. Relembrar a saga do nauta português, Fernão de Magalhães, descobrindo a passagem numa epopeia maravilhosa 500 anos atrás! Seria fascinante conhecer os mesmos lugares onde ele comeu o "pão que o diabo amassou."

Ou Darwin na viagem do Beagle trezentos anos depois, cujo navio cedeu o nome ao canal principal, eixo de minhas navegações. O clima ruim e a topografia desfavorável impediram a pecuária, a agricultura e até a fixação humana. A paisagem é quase idêntica ao que eles viram.

A descida do Brasil até aqui é longa, complicada e cara. Antes de voltar valia a pena conhecer esse pedaço de mar. Eu também queria trazer meus filhos. Tenho um certo sentimento de culpa pela ausência que o trabalho impõe. Sempre que posso compenso com viagens-prêmio. Não esqueço a resposta do meu caçula, José, quando eu estava no ar na primeira série da Cultura. Durante aqueles 2 anos descendo a costa brasileira, eu passava 15 dias no barco, 15 em São Paulo.

José tinha 6, 7 anos. Num fim de semana um amigo o encontra na praia e puxa conversa: "E aí, José, tem visto seu pai na televisão?"

Ouviu um emburrado "Não! A televisão levou meu pai pra longe de mim."

Senti o golpe...

Entrei como sócio do Iate Clube Afasyn, comprei uma poita para o Mar Sem Fim, e um computador para o Manoel. Ele ficaria a bordo. Conversaríamos via Skype.

De fevereiro de 2010 até março de 2012, o Afasyn foi a "casa" do *Marzão.*

Para ajudar na manutenção "vendi a ideia" de fazer viagens de *charter*. No começo foi difícil. As pessoas tinham receio do clima. Mesmo no verão faz frio. Em compensação, navegar entre estreitos canais evita o balanço do barco, e consequente enjoo.

Avisei ao povo do meio náutico paulista e carioca; coloquei textos nas redes sociais e no meu site; produzi malas-diretas; aprimorei o enxoval de bordo e esperei. Aos poucos começou a procura. Não consegui lotação esgotada, mas os *charters* pagaram a conta e ainda sobraram uns trocados. Mais importante, conheci o Beagle e seus canais secundários, o "Brazo Sudoeste e Noroeste" e cada baía, ou "caleta".

Eu organizava programas de uma semana com o luxo possível: café da manhã, lanches à tarde, jantar e ceia. Tudo servido em louça de porcelana. Taças de vinho, ou dry martini, em vidro.

Os nativos emprestaram uma armadilha para centojas. Na época em que a pesca estava liberada, pagávamos centojas todos os dias. Alonso, excelente cozinheiro, preparava com maestria. Quando lembro fico com água na boca: era de lamber os beiços.

O esmero não se restringia à boa comida. Nos *charters* eu não economizava.

De noite, fosse verão ou inverno, o gerador funcionava o tempo todo. Os aquecedores elétricos garantiam temperatura amena nas cabines. Fiquei amigo dos poucos chilenos e argentinos que moram nas margens do Beagle.

Parava em suas fazendas e organizava churrascos de cordeiro ao ar livre. Sucesso!

Também levava os turistas em passeios a cavalo, alugados numa fazenda na "caleta" Ferrari. Era um show descer do barco, em meio a paisagem intocada, e cavalgar horas entre montanhas, atravessando rios formados pelo degelo.

Claro, me tornei *habitué* do bar do Iate Clube Micalvi, em Puerto Willians.

Era comum encontrar estrelas da náutica mundial, como Isabelle Autissier (primeira mulher a fazer uma volta ao mundo à vela, em 1991, e grande campeã em regatas internacionais), que quase todos os verões aparecia com seu veleiro.

Aquele é "O BAR" das altas latitudes. Todos que vão para a Antártica param, na saída ou na volta. E comemoram. Era divertido. Participamos de festas memoráveis.

Conheci uma porção de navegadores que não saíam de lá. Como um inglês, com quem cruzei na primeira viagem para Antártica, encantado com Puerto Williams.

Às vezes eu o via no bar, olhar vidrado, barba por fazer, gorro na cabeça e um ar de pirata, sempre "doidão". Um dia contou que passava as tardes colhendo cogumelos no mato para fazer chás alucinógenos...

De quebra levava os grupos para conhecerem pinguineiras, colônias de focas e leões marinhos e, cereja do bolo, a maior herança da última glaciação, as geleiras que entopem as montanhas ao redor do Beagle.

A geografia é espetacular. Os fiordes, erodidos pelo gelo, são de arrepiar. Às vezes é preciso navegar mais de uma hora e meia entre enormes montanhas de pedra até chegar ao final. No mundo há duas chances para vê-los: escandinávia ou aqui. Adorei a experiência.

Foi numa dessas viagens que surgiu a possibilidade da segunda viagem à Antártica.

Eu levava um grupo formado por Marina Mesquita, minha prima-irmã, e Sérgio e Heloísa Moraes Barros, quando a ideia veio à baila. Durante este *charter* tive um problema com o Mar Sem Fim que teve repercussão tempos depois.

Estávamos quase no fim da viagem quando decidi passar a noite numa pequena baía onde nunca havia estado. Com o guia náutico *Patagonia & Tierra del Fuego* em mãos, descobri que a caleta Santa Rosa, na ilha Navarino, era uma boa opção de ancoragem, "protegida de todos os ventos."

O único senão era a entrada: uma abertura entre pedras, funda, mas estreita a ponto de impressionar. Passamos cuidadosamente. O espaço interno, pequeno, estava ocupado por três barcos de pesca ancorados, amarramos entre si e atados com cabos de naylon às margens no final da baía. Adiante da proa deles havia uma armadilha de centojas, uma gaiola colocada no fundo do mar com restos de comida para atrair a presa, amarrada a boias na superfície. Livre, restava o centro onde fundeei.

O tempo estava bom, mas o barômetro (instrumento que mede a pressão atmosférica) tinha caído. Um centro de baixa pressão se aproximava.

Decidi passar aquela noite ali. De onde estávamos dava para ver as luzes de Ushuaia, do outro lado do Beagle. Pouco antes da meia-noite despencou o vendaval.

O barômetro é infalível. Eu já esperava. Mas não imaginava tanta violência. Em menos de meia hora, a partir de uma leve brisa, estávamos debaixo de um furioso vento de 50 nós.

Fiquei de vigília no comando, enquanto convidados e marinheiros dormiam em suas cabines. Não demorou para o barco, mesmo com a âncora, ser arrastado pelo vento. Chamei Alonso e Manoel, liguei os motores e iniciamos uma peleja contra o vento. Eu não podia deixar o *Marzão* ser arrastado, era arriscado enroscar as hélices nos cabos.

O casario do Mar Sem Fim age como uma grande vela, dificultando o controle. Sair para o canal de Beagle, nem pensar. A passagem, muito estreita, era perigosa com vento forte. Senti que estava encurralado. Fiz bobagem, pensei. Não devia ter ficado. Bem que o barômetro avisou!

Mas era tarde demais. Eu tinha que manter aquela posição e esperar o tempo ruim passar. Sérgio acordou quando o barco adernava nas rajadas e veio até o comando. Ele tem um veleiro, está acostumado aos perrengues. Ficou ao meu lado assistindo.

Pedi ao Alonso que fosse até a popa com uma lanterna e avisasse caso nos aproximássemos dos cabos. Do comando não dá para ver. E tome pancada. O Mar Sem Fim "velejava" de um lado para o outro enquanto eu, diminuindo ou acelerando a marcha dos motores, procurava mantê-lo no centro da baía livre de obstáculos. Às vezes, era quase impossível. O barco tirava finas das margens e dos cabos.

Lembro que Sérgio perguntou se eu precisava de alguma coisa. "Sim, por favor, traga uma garrafa com água." Minha boca estava seca, adrenalina a mil, mas mantive a calma e fiz o que pude. Perdi a batalha quando pegamos o cabo da armadilha. Fiquei sem um dos motores. Controlar o barco nessa situação, debaixo de tempo, era tarefa impossível.

Tive sorte. Arrastamos, vagarosamente, até encostá-lo num dos pesqueiros. Aproveitei para amarrá-lo a contrabordo. Em seguida o vento amainou.

Não havia muito mais a fazer naquela noite. Melhor dormir e checar a situação com dia claro. Chateado pela besteira, não preguei o olho. Quando amanheceu mergulhei.

Uma das hélices estava totalmente entortada, envolvida num novelo de cabos.

Tivemos que abreviar a viagem e voltar para Ushuaia com uma só máquina.

Quando cheguei ao Afasyn, mergulhei outra vez. Nova e desagradável surpresa: o leme da esquerda fora decepado na altura do flange (aba em forma de coroa colocada na extremidade do leme, aparafusada no eixo que desce por dentro do casco).

Merda! Não suporto essas burradas. Fico um lixo. Sinto culpa. Os turistas se foram. Eu tinha que zerar o estrago.

Mandei a hélice para Buenos Aires, onde foi consertada. Coloquei no lugar uma das duas que tinha de reserva. E procurei quem trabalhasse com alumínio para encomendar um novo leme. O que tinha como reserva serviu de modelo, assim arrumava o problema e continuava com um leme, duas hélices e um eixo extras, prontos a serem usados em caso de nova necessidade.

Com tudo em ordem retornei para São Paulo. Eu voltaria à Ushuaia várias vezes para levar turmas de amigos que compraram os *charters*. Em julho foi a vez de meus filhos e sobrinhos.

Ruizito e Fernão, dois de meus três irmãos, embarcaram em semanas diferentes.

Mais tarde vieram Nick e Sandra Moraes Barros (parentes do Sérgio) com sobrinhos. Nick estava construindo um *trawller*, queria conhecer o Mar Sem Fim para ter ideias e aproveitá-las no novo barco. Alertado sobre a Antártica, topou, animado como sempre. Mas pediu que a viagem fosse na primeira semana de março, quando estaria livre de compromissos. Marina, minha prima, fechou o grupo.

Navegar para a Antártica exigia reforços. Eu só iria se tivesse a ajuda de um bom *skipper* profissional. Chamei Pedrão mais uma vez. Ele estava nos Estados Unidos, cuidando de um novo barco. Acertamos as condições e marcamos a data.

Numa das últimas vezes que estive em Ushuaia, no início do verão, houve dois encontros emblemáticos. O Parati 2, veleiro de Amyr Klink estava lá, alugado para um grupo de empresários que planejavam ir para a Antártica na mesma época. Nesta ocasião, Amyr e sua mulher Marina visitavam o Parati.

Do Mar Sem Fim eu os via do outro lado da baía do Afasyn. Uma noite, enquanto bebericava um uísque na popa, ouvi barulho de motor de popa. Um bote se aproximava. Eram eles. Subiram a bordo para um bate-papo. Contei das viagens pelos canais, mostrei ao Amyr o guia náutico que ele me dera de presente com uma dedicatória: "Um dia quero ver este livro todo rabiscado." Apontei as marcações nos verbetes indicando as baías visitadas. Amyr sorriu, satisfeito. Ao final, perguntou quais eram meus planos. Falei da ida para a Antártica no começo de março.

Ele arregalou os olhos e disparou: "João, te desejo muita boa sorte." E foi embora. Fui deitar, era tarde.

No dia seguinte relembrei o encontro. Aquele "muita sorte" me incomodava.

Passei a manhã pensando, encucado. Eu já tinha percebido que Alonso, meu fiel companheiro, não estava nem um pouco entusiasmado. De tarde liguei para o Pedrão e falei da conversa.

"Não se preocupe, João, é só palavreado, nada de mais..."

"Pedrão, o cara não falaria à toa..."

"Imagina, não se incomode, nossa viagem será rápida. O Parati não vai na mesma época?"

Era verdade. Programamos voltar antes do fim de março. Desceríamos até Port Lockroy e subiríamos de volta. Aproveitei e contei sobre o acidente na viagem do Sérgio, quando perdemos um dos lemes. Expliquei sobre o novo leme, feito em Ushuaia, instalado recentemente.

Eu estava inseguro. Pedrão, carismático, muito falante e decidido, não deu bola.

Dias depois outro encontro. Oleg Bely voltava de mais uma viagem polar. Fui cumprimentá-lo. Papeamos. Comentei da viagem.

"Em Marrrço?" indagou com o característico sotaque francês.

"Marrrço não é bom, escurrrece cedo e tem gelo; às vezes é prrreciso usar farrrol. Uma porcarrria."

Voltei ao Mar Sem Fim preocupado. E mais uma vez liguei ao Pedrão.

"João, estes caras são sempre assim, fica frio, já disse..."

Desliguei indeciso. Mas não abortei.

Abasteci, comprei os mantimentos e contratei um mergulhador para vistoriar o casco do Mar Sem Fim, em Ushuaia não havia como docá-lo. Recomendei que olhasse cuidadosamente o novo leme. Tudo em ordem...

Aguardei ansioso, tenso, a chegada dos turistas. E preparei uma reunião com o grupo. Refleti sobre as consequências de uma nova viagem para a Antártica.

O risco está sempre presente. Iríamos para o oceano austral mais uma vez.

De novo a travessia do Drake...

Lembrei a pane da primeira vez, apesar da meticulosa preparação. E joguei limpo, preveni: o conforto, que eles conheceram no primeiro *charter*, não seria o mesmo. Gerador para calefação nem pensar. Eu tinha que economizar diesel.

Água para banho, livre para o consumo nos canais, seria racionada. Um *trawler* não tem a quilha profunda que segura os veleiros debaixo de tempo ruim. No nosso caso é preciso viajar o mais pesado que pudermos. Peso funciona como lastro, estabiliza o barco.

Perguntei se estavam preparados e conscientes. Estavam. Mas estranharam meu comportamento, comentariam mais tarde, ao perceberem minha ansiedade e tensão.

A Saga do Mar Sem Fim

No dia 10 de março de 2011 cruzamos o Cabo Horn e entramos no Drake. Três dias depois fundeamos na ilha Deception.

Éramos nove nesta viagem: Alonso Góes e Manoel de Souza (imediato e marinheiro), Pedro Camargo (*skipper,* capitão profissional contratado), Marina Mesquita, Sérgio e Heloísa Moraes Barros e Nick e Sandra Moraes Barros. O objetivo era fazer reportagens para meu novo site e ao mesmo tempo levar passageiros para um *charter*.

As últimas 24 horas foram pesadas. Ventos de 40 nós, de través e ondas de 4 a 5 metros.

Navegamos em segurança. O Mar Sem Fim é um barco marinheiro.

Deception é uma cratera de vulcão, com a forma da letra "C", que tem uma estreita abertura ideal para a entrada de barcos.

Resolvemos descansar antes de reiniciar a viagem até a ilha Melchior, já na Península Antártica.

Eu estava feliz pelo fim da travessia, mas tenso. O tempo andava estranho. Ventos fortes, muito frio e neve. Não deveria ser assim no verão.

Dois dias depois melhorou. Preparamo-nos para atravessar o estreito de Bransfield até Melchior.

Sairíamos à meia-noite de 17 de março. Nossa previsão indicava calmaria total no horário.

O *skipper* Pedrão Camargo, confiante, fez o plano de navegação.

Em doze horas chegaríamos, então, a partir do meio-dia, o vento Noroeste entraria forte outra vez. A esta altura estaríamos fundeados esperando por ele.

Navegamos toda a noite.

Ao nascer o sol um barulho estranho, vindo da popa, chamou a atenção.

Diminuímos a marcha e fizemos silêncio. Ouvidos atentos. Persistia o som incomum.

Desengatamos, baixamos a plataforma de popa e tentamos enxergar o sistema de lemes e hélices. Difícil. As ondas impediam nosso equilíbrio. Preocupação no ar. Pedrão pega seu celular-filmadora à prova d'água, amarra na ponta de um remo, e mergulha o conjunto bem abaixo do casco. Gira de um lado para o outro, devagar, para registrar todos os ângulos. Levanta um pouco, em seguida abaixa.

Momentos depois traz para a superfície. Retira e roda a fita. Estamos ao seu lado, nos espremendo, para assistir. Falta um dos lemes! Frio na barriga. Gelei. Perder um leme é encrenca brava em qualquer lugar. Na Antártica é o fim do mundo. Pior: a falta do leme não explica o basrulho. O que seria? Não tínhamos tempo para digressões. Era preciso decidir rápido. Ao meio-dia entraria vento forte.

Voltamos.

Deception é bom abrigo e está perto das Shetland do Sul. Neste arquipélago fica a ilha Rei George, onde há bases científicas e uma pista de pouso. Precisávamos de ajuda.

Navegamos com a marcha reduzida. Um olho no horizonte, procurando os contornos de Deception, outro no relógio, para saber quanto tempo tínhamos de calmaria. De vez em quando uma rápida olhadela no anemômetro (instrumento que registra a força do vento) para ter certeza que o vento ainda não entrara.

Finalmente ela surge no horizonte. Mas o tempo também passara. Eram dez e meia e estávamos longe. Onze horas, ainda falta um pouco. Onze e meia, começa um ventinho leve.

Conforme nos aproximamos dos Foles de Netuno, o vento aperta. Em segundos está nos 20 nós. Depois, 25. Em seguida, 30. E ainda falta um tanto para entrarmos. Trinta e cinco nós de Noroeste.

O Mar Sem Fim tem dificuldades em manter um curso reto. Sem um dos lemes e com marcha reduzida, ele é facilmente jogado pelo vento. E luta com dificuldade para voltar ao rumo. A entrada é bem estreita. Há pedras dos dois lados. Pedras, não. Enormes paredões de rocha que se erguem como muralhas.

O barco, empurrado para a direita, avança em direção ao obstáculo. Pedrão tenta trazê-lo à esquerda.

Mal consigo respirar. Ando pelo convés, de um lado para o outro, apreensivo. Instintivamente coloco a mão no bolso para saber se meu canivete está lá. Se for preciso cortar os cabos do bote, tenho que ter tudo à mão.

Felizmente ele não foi usado. Na hora "H" o vento amainou e o Mar Sem Fim entra em Deception.

Passei os dias 18 e 19 de março mergulhando.

Vesti minha roupa seca, cilindros de ar comprimido e desci: o problema era muito pior. O barulho era produzido pela perda da bucha do pé-de-galinha.

Esta peça de nome esquisito é uma espécie de suporte para a ponta dos eixos.

Os eixos, conectados ao motor, varam o casco mais ou menos em sua metade e seguem até quase a popa, onde as hélices são colocadas. Para que fiquem firmes existe este suporte de ferro, soldado no casco, que envolve a parte final de cada eixo.

Para evitar atrito, dentro do túnel do pé-de-galinha é colocada uma bucha de borracha (que abraça o eixo). Perdemos uma delas.

Quando vi quase fiquei sem fôlego. Do lado esquerdo faltava um leme. Do direito, a bucha. Em outras palavras: aquilo ia acabar mal. Muito mal.

Ainda debaixo d'água, lutando contra a correnteza para me manter estável, a escuridão das águas de Deception e o frio intenso, chorei de raiva.

Como eu podia ter feito uma bobagem desse tamanho?!

A ficha caiu pesada. Sem intenção coloquei em risco a vida de todos: minha prima Marina Mesquita, os casais, Nick e Sandra Moraes Barros, Sérgio e Heloísa Moraes Barros e os marinheiros Manoel e Alonso.

Fiquei arrasado, mas me concentrei. Eu não poderia errar outra vez. Saí da água, peguei ferramentas, marretas e martelos, e passei horas tentando enfiar a bucha no lugar correto. Martelava até ficar sem forças. Então subia, entrava na sala, ligava o aquecedor e deitava em frente procurando me aquecer.

Os passageiros contribuíam esquentando um chocolate, oferecendo comida, e comportando-se com uma dignidade que me deixou ainda mais acabrunhado. Não ouvi censura ou reclamação. Mas apoio, estímulo, ajuda.

Quando eu não aguentava mais mergulhar, Sérgio Moraes Barros, numa atitude inusitada, vestiu a roupa seca e mergulhou para tentar concluir o trabalho. Em vão. A bucha, ou que sobrou dela, não se movia.

A capacidade de manobra do Mar Sem Fim era mínima. E o vento não deu trégua: 40 a 50 nós de média, 55 nas rajadas.

À noite (alguém já teve dor de dente de dia?), o ferro não aguentou e se soltou. O barco começou a correr ao sabor do vento. Escuridão total.

No leme, Pedrão tentava, mas não conseguia distinguir os contornos do interior. Eu e Sérgio, do lado de fora, cada um de um lado do barco, informávamos: "o farol (há um pequeno farol na ilha) está bem na popa."

"Agora ele está no través."

"Tá indo pra proa agora."

Não era o farol que mudava. Era nosso barco, desgovernado, que ia de um lado para o outro...

Até que Pedrão enxergou a praia. Aproximamo-nos e jogamos o ferro.

Por minutos teríamos sossego. Depois começaria tudo de novo.

Aquela noite foi o primeiro *round* de uma luta desigual, um massacre que sofreríamos, com maior ou menor intensidade, até o momento derradeiro muitos dias depois.

Pela manhã, com claridade, a situação melhorou. Ao menos podíamos ver o interior de Deception. Mas era preciso sair de lá.

Lembramos de um amigo que fizemos na ilha Rei George na primeira viagem à Antártica.

Chileno, há mais de 20 anos frequentando a região no verão, Alejo Contreras é o encarregado da companhia de aviação DAP, a única com voos regulares para as Shetland do Sul.

Ligamos. Precisávamos de mergulhadores profissionais. Tínhamos um leme de reserva, mas precisaríamos de ajuda para a troca.

Alejo informa que os argentinos da base Carlini poderiam fazer o serviço.

Ao mesmo tempo, liguei para o Brasil, para conversar com meu guru náutico Plínio Romeiro Jr.

Contei o que se passava. Expliquei que esperávamos o tempo melhorar para seguir para Rei George, distante 60 milhas, evacuar os passageiros e nos concentrar nos reparos. E pedi que providenciasse uma bucha nova. Ela poderia vir no mesmo avião que levaria os passageiros.

Tudo organizado. Faltava o tempo melhorar para atravessarmos.

Então, nova surpresa, o *skipper*, alegando compromissos profissionais, iria desembarcar. Não acreditei. Depois de tantos anos de amizade...

Mais uma vez recorri ao Plínio. Sozinho eu estava frito. Com ajuda e muita sorte, talvez escapasse. Tinha que tentar. Naquela noite mandei um correio.

"Plínio: ainda estamos em Deception, fazendo testes para ver a manobrabilidade. Estamos navegando em cruzeiro com o motor de BB (esquerda), justamente o que está sem leme. No motor de BE (direita), que está sem bucha, navegamos com apenas mil giros. Aparentemente não força muito e conseguimos leme. Sem vento na cara o barco faz 6 nós (10 km/h) nesse arranjo."

"Plínio, se eu pudesse te pedir alguma coisa na vida, pediria que você viesse. Não vai ser fácil pra mim sem Pedrão.

É difícil pedir isso. Sinto muito dar esse trabalho.

Abs."

No dia seguinte, 20 de março, o tempo melhorou. Seguimos para Rei George em marcha reduzida, cinco nós de velocidade. Pela primeira vez tivemos sol.

Em Rei George navegamos para a enseada Potter, onde fica a base argentina, Carlini. Eu e Pedrão desembarcamos e conversamos com o chefe, Tenente Coronel Alejandro Héctor Berto. Eles estavam prontos para ajudar.

Marcamos para começar dentro de dois dias, em seguida rumamos para outra enseada, Ardley, distante 10 milhas, onde ficam a pista de pouso e as bases chilena e russa.

Dia 22 de março, às duas da tarde, o avião pousou. Plínio desceu com a bucha. Os passageiros e o *skipper* embarcaram de volta.

No mesmo dia eu, Plínio, Manoel e Alonso voltamos para Carlini. Já estávamos muito atrasados.

A enseada Potter é bem fechada, protegida, mas cercada de enormes glaciares. Numa das margens fica a base da Argentina.

Assim que chegamos, o comandante nos apresenta três mergulhadores, o Capitão Sebástian Notari e os sargentos Ramon Aquiles e Ariel Fenoglio.

Eles explicaram que poderiam mergulhar desde que o vento não ultrapassasse os 20 nós.

Na Antártica as mudanças são muito rápidas. O vento salta de 20 (36 km/h), para 50 nós (90 km/h), em minutos. Os argentinos adotaram o limite de 20 nós.

Os dias 23 e 24 de março foram de muito trabalho. A primeira coisa a fazer era tirar a hélice do lado direito para conseguir colocar a nova bucha.

Cada hélice do Mar Sem Fim pesa 40 quilos. Não é fácil lidar com esse peso debaixo d'água.

Na fase de preparação eu havia soldado olhais no casco do barco, próximo ao sistema de hélices e lemes, pensando justamente na eventual necessidade de uma troca. Com esse ponto de apoio, os mergulhadores puderam amarrar a hélice ao olhal antes de retirá-la, evitando que caísse no fundo do mar.

Mesmo assim foi muito demorado.

Os três argentinos passavam os dias debaixo d'água, em condições severas, trabalhando. Era extenuante e o progresso lento. Mas a hélice, afinal, saiu.

Ao tentar colocar a nova bucha descobrimos que ela veio num tamanho errado.

Era mais grossa que deveria.

A bruxa estava solta...E agora, onde conseguir um torno na Antártica?

Em Carlini não havia. Ligamos para os chilenos. Nada. Perguntei se os russos ou os chineses teriam. Negativo de novo.

Foi então que lembramos dos brasileiros...apesar de nossa base Comandante Ferraz ter sido destruída por um incêndio em fevereiro, havia dois navios da Marinha do Brasil na área: o Almirante Maximiano e o Ary Rongel.

Via rádio, falamos com o Maximiano, que estava na enseada Martel, poucas milhas ao lado, cuidando dos escombros.

25 DE MARÇO

Acordamos com um vento do cão zunindo. Algumas rajadas ultrapassaram os 50 nós. O trabalho de mergulho não pôde nem começar. Felizmente não entra mar grosso na enseada.

O Maximiano chegou ao meio-dia. O navio ficou ao largo enquanto desciam um bote. Minutos depois, alguns oficiais e o médico de bordo vieram até nós.

Alonso Góes, sofrendo de diabetes, não estava nada bem. O médico o examinou, aplicou uma injeção e deixou alguns remédios.

Em seguida eu e Plínio fomos até o Max numa impressionante operação com o bote em meio à ventania. Parecia cinema. O barco de borracha às vezes ameaçava levantar voo. Em outras situações as ondas simplesmente entravam dentro.

Ao embarcarmos, fomos levados até o Comandante Pinto Homem.

Explicamos que, se nosso ferro arrastasse, seria o fim: impossível evitar um acidente ecológico. O Mar Sem Fim estava com sua capacidade de manobra reduzida. Nós gostaríamos de usar o torno e, em seguida, navegar ao lado do Max até Martel de modo que, se nossa âncora não aguentasse, poderíamos jogar um cabo evitando um desastre. O Maximiano tinha mergulhadores que poderiam terminar o serviço, sugerimos.

Barba por fazer, agitado, Pinto Homem escutava nossa história andando de um lado para o outro do passadiço (área do comando) envidraçado, enquanto seus oficiais mantinham o navio parado na mesma posição.

Ao terminarmos fuzilou:

"Não estou aqui pra salvar vocês. Tenho trabalho a cumprir na base brasileira. Se vocês precisarem de ajuda, procurem a Armada do Chile ou da Argentina, que patrulham o Drake", foi a resposta.

Levei um susto. Fiquei atônito, sem reação. Enquanto procurava uma resposta, ainda ouvi: "vocês já andaram pedindo ajuda a eles, não é?", referindo-se à nossa primeira viagem. E concluiu rispidamente: "só vim aqui fazer esse trabalho no torno. Em seguida retomo minha missão e vocês se virem como puderem".

Por alguns segundos fiquei parado na frente dele tentando entender.

Em seguida os oficiais de bordo nos levaram ao Chefe de Máquinas que cuidava do torno. Nós tínhamos duas buchas novas. Explicamos que era preciso diminuir alguns milímetros de espessura.

"Ok, vão comer enquanto vejo isso."

Fomos levados à Praça D'Armas, onde almoçamos.

Pouco depois a bucha foi entregue usinada. A outra ficou com eles. Se a primeira não desse certo, ligaríamos e avisaríamos que era preciso diminuir ainda mais o tamanho.

Voltamos ao Mar Sem Fim, dessa vez com o bote lastreado com sacos de areia pesando 300 quilos, para evitar que levantasse voo.

O Max voltou para Martel.

26 DE MARÇO

O vento continua fortíssimo. Em média 50 nós. Frio glacial. Zero grau na cabine.

Esta noite fizemos turnos. Duas horas para cada um. Felizmente nosso ferro está grudado no fundo do mar como uma porca soldada num parafuso.

Mas o Mar Sem Fim balançou, enfrentando as ondas geradas pelo vento. Parecia que estava navegando.

A noite foi dura. Enormes blocos de gelo se desprendiam da geleira e derivavam com velocidade. Era preciso monitorar sua trajetória, evitando que se chocassem com nosso barco. A noite inteira foi assim. No tempo livre, eu alimentava meu site com relatos, procurando minimizar para não assustar demais a família.

27 DE MARÇO

Hoje o vento começou a baixar. Mas não acredito que será o suficiente para retomarmos o trabalho. As rajadas estão na casa dos 30 nós. É preciso descer mais uns 10, 15 nós, para que nossos anjos da guarda argentinos possam mergulhar. Estamos na torcida.

Para adiantar já pedi nova previsão à Commanders Weather, empresa norte-americana que contratamos, para saber qual a próxima janela de tempo (jargão náutico que significa espaço de tempo bom) para atravessarmos o Drake de volta à América do Sul em segurança.

Cerca de 500 milhas, ou pouco mais de 3 dias, já que o Mar Sem Fim cobre algo como 150 milhas a cada 24 horas, separam a ilha Rei George do cabo Horn.

A Commanders já nos avisou que esta semana a possibilidade é pequena. Até sábado próximo a condição do Drake é inviável.

28 DE MARÇO

Mais uma noite de vigília na ponte de comando. O vento diminuiu bastante, as rajadas não são tão fortes, mesmo assim, por precaução, fizemos os turnos.

Nevou durante a manhã. A temperatura chegou a -2 °C. Mas os mergulhos ainda não foram retomados. Continuou ventando acima da velocidade limite adotada pelos argentinos.

Às sete horas chamamos o Maximiano para confirmar nossa previsão.

Parece que hoje e amanhã vamos continuar com ventos acima de 20 nós. Resta torcer por um erro, uma breve calmaria, para voltarmos aos trabalhos.

O mais difícil, tirar a hélice e a bucha antiga, fora feito. Com duas horas de mergulho, talvez um pouco mais, saberíamos se os reparos deram certo. Em caso positivo, voltaríamos a condição de navegação. Hoje parece que não teremos mais chances

Amanhã, quem sabe. Uma noite terrível, com vento forte, sem leme de um lado, sem a bucha do outro.

Qualquer deslize e estamos fritos.

29 DE MARÇO

Finalmente veio calmaria! Esta manhã o frio está de rachar, -4 °C, mas o vento esqueceu a gente. Já estamos fundeados bem perto da praia (de pedregulhos) que dá acesso à base. De onde estou posso vê-los preparando seus equipamentos. Daqui a pouco começam os trabalhos.

Deu certo! A bucha entrou com facilidade. Em seguida a hélice foi recolocada.

Antes do meio-dia já estavam colocando o leme reserva. Finalmente, às quatro e meia da tarde estava tudo pronto: graças ao espírito guerreiro de nossos três anjos da guarda, Capitão Sebastián Notari e os sargentos Ramón Aquiles e Ariel Fenoglio, o Mar Sem Fim volta a navegar.

Horas mais tarde toca do telefone do barco. Atendo, era meu pai preocupado. "Meu filho, não minta mais para mim. Chega! Ao ler seus relatos percebo que você está enrolando... Qual é a real situação, vocês correm risco de vida?"

Fiquei pasmo! Por mais que tentasse disfarçar nos textos, sugerindo esperanças e minimizando a situação do tempo, meu pai percebeu a encrenca. Por alguns instantes fiquei mudo. Pensei no trauma que causava a um homem de 86 anos! Depois firmei a voz e fui claro: "risco de vida não, estamos a poucos metros da base. Mas o barco dificilmente sai daqui. A situação tá preta." Longo silêncio... Meu pai, um guerreiro normalmente frio, deixou a ternura aflorar. E chorou ao telefone. Engasgado, desejou sorte, me mandou um "beijo", o mais carinhoso que recebi. E pediu que eu o mantivesse informado.

Não preguei o olho naquela noite.

30 DE MARÇO

Trabalhamos sem parar enchendo os tanques de água de bordo que já estavam no final. Trabalho cansativo. Manoel, nosso simpático marinheiro, "pau pra toda obra", foi de bote até a base argentina, encheu vários bujões e voltou para bordo. O dia todo foi assim. Calmaria total, felizmente. Céu nublado. Tudo cinza escuro em nosso horizonte.

Recebemos nova previsão sobre a janela de tempo. Vamos ter que esperar. Por enquanto a única possibilidade, ainda não confirmada, é para o dia 3 ou 4 de abril.

31 DE MARÇO

Desde ontem, no final da tarde, um vento Leste nos faz companhia. Aqui é assim.

Um dia de calmaria para vários de pauleira. A noite passada, como será a de hoje, foi de turnos na sala de comando.

O vento Leste continuou quase com a mesma força: 30 nós (54 km/h). Algumas rajadas batiam nos 40 (72 km/h).

Frio de -2 °C e muita neve esta tarde. Mais ainda: uma forte cerração desceu sobre Potter. Era difícil enxergar a base que fica a cerca de 400 metros de distância. Era preciso perseverar. Dose extra de paciência não faz mal a ninguém...

Eu, Alonso e Manoel passamos a tarde jogando buraco com um baralho velho, rasgado e ensebado, que descobri numa das gavetas do armário da sala. Perdi todas as partidas.

Neste momento, 19h30, o termômetro marca -5 °C. Dentro do barco deve estar fazendo algo como 0 °C.

Está na hora de ligarmos o gerador e os aquecedores. Esta noite promete.

1º DE ABRIL

Perdi a hora. Deveria ter rendido o Manoel no turno das seis da manhã, mas passei batido. Só subi às oito e meia.

Temos feito turnos de duas horas. Dividimos entre mim, Plínio e Manoel. Começamos às oito horas da noite e seguimos até clarear o dia.

Esta madrugada fiquei devendo ao Manoel. Pago no próximo turno.

De manhã, -5,5 ºC. Vidros do comando congelados. A cerração se dissipou assim como o vento Leste, que caiu para cerca de 20 nós.

Tudo indica que vamos ter um dia tranquilo. Aproveitei para abrir o computador e ler os e-mails. Um deles me fez sorrir pela primeira vez em muito tempo: "João, nunca imaginei que um dia pudesse torcer tanto por argentinos. Coragem, mano, abraços, Fernão".

2 DE ABRIL

Meia-noite. Acabo de levantar da cama e render o Manoel. Meu turno começa bem: uma raríssima calmaria total. Fico até com medo do que está por vir...

Antes de ir dormir conversamos com o Rádio-operador do navio Almirante Maximiano. Ele nos passou um prognóstico para os próximos dois dias. Para amanhã a previsão é de vento muito forte, de Leste, com rajadas força 8/9, ou cerca de 60 nós. Só de pensar sinto calafrios.

Aqui onde estamos, na faixa do Drake, é quase impossível ter mais de 24 horas de paz. Mas também temos boas novas. Recebemos previsão da Commanders Weather. Parece que sexta-feira próxima, 6/4, teremos a tão esperada janela: três dias para atravessarmos de volta.

É pagar para ver...

Às nove da manhã decidimos deixar Potter e seguir para enseada Ardley, a nove milhas de distância, onde ficam as bases chilena e russa.

O problema de Potter são as geleiras. Pedaços enormes se desprendem e ficam à deriva, ameaçando o Mar Sem Fim, que está fundeado bem no meio.

Como a previsão indica ventos muito fortes para os próximos dias, resolvemos mudar para onde, ao menos, não temos gelo solto nos ameaçando.

Às onze horas fundeamos defronte a Capitania Puerto Bahia Fildes.

4 DE ABRIL DE 2012

Ilha Rei George, enseada Ardley,
Fundeados defronte a base Fildes.
Posição exata do Mar Sem Fim: latitude 62° 12' S
longitude 058° 57' W

A cabine de comando lembra uma cápsula fechada. Não se vê mais que o painel de instrumentos e a roda de leme. Os vidros frontais estão congelados há dias.

Percebem-se ondas fortes em sentido contrário à proa. Com o *Marzão* caturra (balanço no sentido longitudinal), é preciso se segurar.

De vez em quando uma dessas ondas levanta respingos da água do mar. Ao atingirem os vidros, com a violência de um tiro, congelam instantaneamente. Dá medo.

A temperatura desceu para -5 °C aqui dentro. Fora, o vento come solto: 40 nós (78 km/h) nas últimas 48 horas. Nas rajadas o anemômetro (instrumento que mede a força e direção do vento) bate nos 57 nós (102 km/h) com frequência.

Tremo ao ver o ponteiro subir. Acima dos 50 nós o ferro não aguenta. O barco começa a correr para a praia. Hora de ligar os motores.

Chamo o Plínio, que dorme na sala. Em segundos ele assume. Abro a porta lateral esquerda, Manoel, a direita. Saímos para a escuridão.

Faço esforço para enxergar: uma massa gasosa empurrada pelo vendaval, mistura de flocos de neve com ar e água do mar impede a visão.

A força é tamanha que ela vem na vertical. Direto no rosto. Castiga. Os olhos fecham em proteção automática. O corpo quase cai para trás. É preciso usar as mãos e segurar o corrimão.

O cenário é assustador. Apequena.

O barco, desgovernado, vai para trás, apesar dos dois motores em força total para a frente. O *Marzão* tem um casario (estrutura acima do convés) grande e alto que age como uma vela, espécie de anteparo, empurrada pelo vento como um iôiô de encontro às pedras.

A tensão aumenta. Meu sangue ferve ao perceber o esforço do timoneiro com as máquinas no limite. Mas a reação é lenta: não é fácil dar segmento em um casco com 60 toneladas (peso do barco).

O Mar Sem Fim passa a centímetros da praia.

"Plínio, por favor", falo calma e lentamente, "leme todo à esquerda."

"Estamos quase em cima das pedras."

O tom é um pouco mais alto para que, no meio da confusão, ele possa ouvir.

Com apenas duas mãos, Plínio faz milagres: desacelera um motor, acelera o outro, ao mesmo tempo que vira o leme. Agilidade mágica. Seu rosto, sem enxergar um palmo à frente, é expressivo demais: cenho franzido, boca torcida para o lado em que o barco deve virar, corpo se contorcendo, gingando, para ajudar a manobra.

O *Marzão* se safa de novo. E ganha velocidade para aprumar. Se ficar de lado ele é ingovernável. O vendaval impõe-se pela força. Não permite direção. Bate, maltrata.

Suspiramos. Por segundos apenas. Até ouvirmos os barulhos enfurecidos do vento açoitando o barco e nossos corpos. A situação é medonha. Faz dias que passamos por isso.

Não dormimos há quase uma semana, desde que começou a apertar. Mas não estamos cansados, ao contrário: todos os sentidos ligados. Nos turnos, atenção total ao radar, aos barulhos, ao jogo do barco. Sensibilidade a mil. Qualquer mudança, por mínima que seja, mostra que a âncora se soltou.

No *ploter*, não temos carta das Shetland do Sul (carta náutica digital, detalhada, acoplada ao GPS, que mostra a posição do barco numa tela de computador). A única de bordo foi levada pelo *skipper* que desembarcou. As cartas tradicionais não são detalhadas.

A possibilidade de pegar uma pedra a qualquer momento é real. E está muito próxima.

Os chilenos da Capitania Puerto Bahia Fildes (Estação da Armada do Chile, na frente da qual estávamos fundeados), ajudam como podem: esta noite acenderam enormes holofotes em cima de sua base para que tenhamos um ponto de referência. E é tudo que conseguimos ver: um clarão, 300 ou 400 metros para trás de onde fundeamos.

"Manoel, por favor, pegue meu sapato na sala e me calce."

"Meus pés estão congelando", diz Plínio segurando a roda de leme.

Ele saiu do saco de dormir tão rápido que nem lembrou de pôr os sapatos.

Mas a hora mais difícil ainda não começou: é preciso recolher a âncora, 120 metros de corrente, achar um lugar levemente protegido atrás da ilhota, e fundear novamente. Debaixo de pau. Apanhando, varando ondas que entram enseada adentro.

A calma impera. A situação não permite pânico. Seria o nosso fim.

Devagar, elo a elo, recolhemos a corrente. O guincho trava, não tem força apesar da ajuda dos motores.

A corrente sobe congelada. Manoel dá marteladas enquanto comanda o guindaste, para soltar o gelo dos elos, sob intenso vendaval.

Eu, do lado de fora, na ponte portuguesa indico a direção ao Plínio: "mais à direita". "Um pouco mais." "Aí, segura nesta direção."

Corro para a proa para ajudar Manoel. Olho para baixo, ansioso para ver o ferro, sinal de que a faina está no fim. Mas demora. O processo é lento. Finalmente consigo distinguir seus contornos. Ufa!

Alívio brevíssimo, seguido por um fenômeno. No exato segundo em que sai da água, uma bola de gelo se forma em torno da âncora.

Assustador. Jamais imaginei este cenário no mar. Um claro sinal de que a situação estava muito feia.

O vento, nesta época do ano, deveria ser de Oeste para Leste. Do Pacífico para o Atlântico. Mas há dias vem do quadrante Leste - Sueste, com força anormal.

A enseada é aberta para o Leste. A ventania entra direto.

Estamos nesta posição, lutando para evitar um acidente ecológico, faz dois dias. Chegamos em 2 de abril, vindos de Potter.

Puro terror. Não tivemos descanso.

Numa das várias vezes que nosso ferro se soltou, o vento empurrou a proa do Mar Sem Fim em direção à praia. Em seguida, começou a jogá-lo de encontro às pedras. Estávamos a menos de 15 metros de distância. Plínio se esforçava no leme sem que o barco respondesse.

Dez metros, nove, oito, sete... Minhas pernas tremeram. Fechei os olhos esperando o baque. Plínio, percebendo a situação, engatou ré nos dois motores e acelerou com potência total.

Seis metros, cinco, quatro... O barco demora a reagir. Segundos antes de subir nas pedras começa o segmento para trás.

"Estou sem leme", disse Plínio lívido. Manoel, da proa, voou para a casa de máquinas. Em segundos se esgueirou por baixo de plataformas até atingir o mecanismo do leme. Pelo esforço contínuo e repetitivo, a correia havia soltado.

Manoel a recolou no lugar. E gritou: "Plininho, temos leme de novo!"

Foi por um fio dessa vez.

Enquanto o barco voltava a navegar, me pego pensando em demônios chifrudos gargalhando e quase vejo bruxas cavalgando vassouras na escuridão.

Macabro. Mas é só o que falta para completar o caos.

Esta manhã a temperatura interna caiu ainda mais, -6 °C. Tentei abrir a torneira do banheiro para escovar os dentes mas a água estava congelada.

Nossa situação piora a cada minuto.

Aguardo com ansiedade a chegada da nova previsão de tempo. Dois dias atrás eles indicavam uma possível janela para travessia do Drake.

Mas alertaram que não será das mais tranquilas. Haverá ondas de 4, 5 e até 6 metros, de popa.

Em condições ideais o *Marzão* aguentaria. Viagem desagradável mas factível. Mas, com um leme reserva colocado em condições críticas, do lado de bombordo (esquerda), e uma bucha do pé-de-galinha (espécie de suporte para a ponta dos eixos), nova no lado de boreste (direito), era arriscado demais.

Se perdermos um ou outro será nosso fim.

Por isso liguei para o navio polar da Marinha do Brasil, Comandante Maximiano.

Ele pretende atravessar de volta nessa mesma janela.

Ao fazer contato pedi que chamassem o Comandante Pinto Homem.

"Comandante", disse, "sei que vocês vão atravessar o Drake na sexta. Nós também."

"Sim", respondeu...

"Bem, eu gostaria que o Maximiano monitorasse nossa travessia, é possível?"

E completei:

"O senhor sabe os problemas que passamos. Perdemos um leme na travessia do Drake e a bucha do pé-de-galinha também se foi."

"Depois de dez dias em Carlini conseguimos voltar a navegar. Mas não tenho confiança nos reparos, em condições extremas, para atravessar sozinho. Por isso peço ajuda."

Do outro lado ouvi: "Estou muito bravo. O senhor me deixou muito mal. Como o senhor ligou ao nosso amigo dizendo que não ajudei?"

(Ele se referia a ajuda que pedi para navegarmos juntos para Martel. Depois da negativa liguei para um conhecido, no Brasil, e contei o que se passara).

E prosseguiu: "O senhor não deveria ter vindo nesta época do ano. Foi imprudente. Agora se vire".

"Qual sua velocidade?", perguntou.

"Oito nós de cruzeiro."

"Não vou arriscar meu navio diminuindo a marcha."

"Ao aumentar o tempo da travessia coloco meu navio e tripulação em risco", completou, acrescentando: "se for minha a decisão, não ajudo". "Vou colocar seu pleito aos meus superiores, mas", frisou, "farei óbices ".

E finalizou: "Quero que o senhor saiba que só vou ajudá-lo se for obrigado. E se isso acontecer, farei a contragosto".

Desliguei.

Perplexo, voltei ao meu turno. Eram oito da manhã. Havia forte cerração, mas o vento caíra para 25 a 30 nós (cerca 50 km/h), com 40 nas rajadas. Sopa...

Duas horas depois novo choque.

Chegou a previsão.

Imprimi, como sempre, para estudar com calma: ventos com força de mais de 50 nós são esperados para esta noite. Mas amanhã fica pior: furacão!

Os termos usados pelos americanos, normalmente frios, eram absolutamente alarmantes. "*strong gale or storm winds forces winds*" (força de tempestade), referindo-se ao vento que deve entrar esta madrugada, "*sea state looks horrible*" (estado do mar horrível), para descrever as condições de mar no Drake e mesmo na baía Fildes onde estamos ancorados. "*I strongly suggest you don't depart today, tonight or tomorrow*". "*Seas will reach at least 20 - 30 feet N of King George later tonight and will be short and confused*" (Sugiro fortemente que vocês não partam agora, esta noite ou amanhã. As ondas terão alturas de até 10 metros, curtas e desencontradas, ao norte da ilha Rei George).

"*Definitively this will really stupid to be offshore in this storm*" (decididamente será estupidez sair para o mar com esta tempestade).

Naquele momento decidimos que era hora de cuidar da integridade da tripulação. Pelo Mar Sem Fim fizemos o possível.

Via rádio, conversamos com o pessoal da base Fildes sobre qual a melhor solução em vista do que está previsto.

Aqui ao lado, na mesma praia, há também a base russa. Eles têm uma barcaça que fica no mar, presa a uma poita (peso de ferro, pedra ou cimento que serve de âncora). Perguntamos se haveria possibilidade de amarrarmos o Mar Sem Fim a contrabordo.

Imediatamente o capitão de Fildes foi até os russos indagar o peso da poita. Resposta desanimadora. Não seria suficiente para dois.

O único jeito era fundear o Mar Sem Fim da melhor forma possível, a sotavento (lado oposto àquele de onde sopra o vento) de uma pequena ilhota na baía, com os dois ferros (95 kg cada um) e os 120 metros de corrente (para cada âncora) que temos. Em seguida fecharíamos tudo, desligaríamos os aparelhos e o pessoal de terra viria nos buscar com um enorme bote de borracha, dois motores de 60 cavalos cada, para nos trazer para a segurança do interior da base.

5/4/12, OITO HORAS DA MANHÃ

Consegui dormir, por duas horas, nesta noite num alojamento da base Fildes com meus três companheiros.

Os chilenos são sensacionais. Tratam-nos como velhos amigos. Mais uma prova da inacreditável solidariedade antártica.

Ontem conseguimos fundear numa manobra perfeita com o Plínio ao leme. Foi muito difícil chegar no ponto certo. Quando conseguíamos, o ferro não descia. A corrente estava congelada e isso a ventania não dava trégua: empurrava o barco para fora do lugar correto. Era preciso recolher e começar de novo. Demorou horas até conseguirmos. Finalmente o bote de Fildes veio até nós.

O desembarque foi uma epopeia. Ondas de mais de um metro e meio e vento acima de 40 nós, faziam com que ele saltasse para um lado e outro, como um cavalo xucro num rodeio. Quando chegou próximo, cada um de nós, a seu tempo, se jogou nos braços dos três tripulantes chilenos (havia mais um, russo, no comando). Felizmente entramos em segurança.

Em seguida, mesmo com o bote cheio d'água (as ondas entravam pela popa e saíam pela proa), conseguiram nos trazer até a praia.

No conforto do interior da base, o comandante Eduardo nos contou que havia dois dias esperavam nosso naufrágio para qualquer momento. Dormiram com as roupas secas (roupa de mergulho especial para regiões polares) ao lado da cama enquanto um deles vigiava, esperando não perder tempo quando o desastre se consumasse. Ficaram espantados com nossa perícia. Parabenizaram-nos pelas manobras.

O Mar Sem Fim agora luta sozinho. Meu barquinho caturra (balanço no sentido longitudinal) subindo e descendo as ondas, mas está firme no mesmo lugar.

Hoje a temperatura desceu para -9 ºC.

O furacão deve entrar esta noite ou madrugada. São esperados 80 nós de vento (cerca de 150 km/h). A temperatura deve cair para -14 ºC. Nunca torci tanto para uma previsão estar errada. Este será o dia decisivo para o Mar Sem Fim.

Ao meio-dia o navio Almirante Maximiano chegou em Fildes. Ele fora avisado pelos chilenos de nosso desembarque. O vento rasgava a mais de 45, 50 nós. O navio brasileiro ficou ao largo, bem próximo da baía, esperando o desenrolar dos acontecimentos. Acabou sendo ameaçado pelo gelo. O vento fortíssimo fazia com que enormes blocos encurralassem o navio.

O Comandante Pinto Homem, em uma ação correta para salvar seu barco e tripulação, entrou em contato, via rádio, para informar que sairia em busca de abrigo ou ficaria preso como aconteceu com o Mar Sem Fim. Navegaram para Potter.

Enquanto isso, em Fildes, junto aos eficientes chilenos comandados pelo Capitão de Fragata, Eduardo Rubilar Mancilla, nós aguardávamos a entrada do vendaval, torcendo para o Mar Sem Fim permanecer ancorado. O vento aumentava minuto a minuto.

No fim da tarde, eu e Plínio fomos convidados pelo comandante, acompanhado por seu segundo, Felipe Fuentes Lopez, para um uísque em sua sala privada.

O vento saltava de 50 para 60 nós. Depois 70 e em seguida bateu no pico: inacreditáveis 85 nós (cerca de 150 km/h). E assim permaneceu por toda a noite e madrugada.

Eu e o Comandante vestimos roupas apropriadas, capuz, luvas, óculos especiais, e fomos até a praia ver como reagia o Mar Sem Fim.

Foi quase impossível andar contra o vento. Era preciso fazer muita força, inclinar o corpo para frente, ajudar com os braços para equilibrar e forçar as pernas.

Em meio a um barulho ensurdecedor, ondas explodiam na praia como bombas em filme de guerra.

Os respingos subiam para alturas de 2 metros em segundos, quando eram atacados pelo vendaval misturando-se na atmosfera a flocos de neve. A mistura nos atingia com incrível violência.

Uma parte pequena de minhas orelhas ficou desprotegida pelo gorro. Doíam tanto, fustigadas pelo frio (a sensação térmica era de -30 ºC), que tive que cobri-las com as mãos ou teriam congelado. Ato contínuo perdi o equilíbrio que os braços, em posição de "boxer", me davam. Quase caí no chão e fui pela força do vento arrastado.

Fui ajudado pelo comandante. Fiquei grogue tão fortes eram os golpes.

Depois de alguns minutos para andar poucos metros chegamos a um ponto onde era possível ver o Mar Sem Fim. Mas só Eduardo conseguiu.

Ele olhou o *Marzão* algum tempo, virou-se para mim, aproximou sua boca a centímetros de meus ouvidos e berrou: "o barco está bem. Ele está parado no mesmo local (onde foi fundeado) e vai aguentar".

Custei a acreditar. Mas confiei. Voltamos.

Desta vez, com o vento pelas costas, quase saí voando. Ao levantar um pé para dar um passo, minha perna foi atirada para a frente com tal violência que quase caí. Não encontro palavras fortes o suficiente para descrever a sensação. A maior montanha-russa do mundo não proporcionaria tanta adrenalina.

Meu coração batia tão forte que fiquei com medo de ter um infarto. Finalmente voltamos para dentro da Capitania Fildes.

Parabéns ao fundeio do Plínio. Só uma pessoa com a extraordinária habilidade náutica dele seria capaz deste feito. Acreditem.

6/4/12

Não sei como dormi. Aliás, nem sei se dormi. Coisas estranhas têm acontecido desde que desembarquei. Ao ir no banheiro só consigo fazer xixi. E não é por falta de alimentação. A comida é deliciosa. Ainda hoje almoçamos um salmão maravilhoso.

Estou zonzo até agora. Ontem, depois da saída para ver o barco, conversamos horas a fio com o Comandante Eduardo e seu segundo, Felipe. Eles se entendem de tal forma que não precisam falar. Um olha para o outro e já sabe o que fazer. Impressionante. Uma garrafa de Black Label depois estávamos íntimos.

Minha gratidão a estes profissionais do salvamento marítimo neste cenário, a um só tempo apavorante e maravilhoso, é indescritível.

Tento dizer isso a eles, agradecer, mas recusam polidamente. Correr riscos para salvar pessoas e barcos em perigo é o trabalho que amam, ao qual se dedicam com total paixão. Sua modéstia não permite elogios. É apenas parte da rotina diária.

Logo cedo, depois de sair da cama, corri até a janela pensando no sofrimento de meu barquinho. Quero saber se ele ainda está onde o deixamos. Com o coração na boca vejo que não. Esta manhã a baía estava ocupada por blocos de gelo trazidos pelo furacão da noite passada.

Estes gigantescos pedaços da Antártica empurraram o Mar Sem Fim um pouco mais para o lado esquerdo de onde havia sido fundeado. O barco está preso.

Meu querido *Marzão*, o barco que alegrou minha vida, um sonho realizado, cercado por gelo como toda a baía. Momentaneamente vencido. Não pelo vendaval, que ele soube enfrentar com galhardia quando bem tripulado, mas por imensos blocos de água congelada, numa luta desigual. Desproporcional.

Contra esta força bruta, anabolizada por 150 quilômetros de vento, não há o que fazer. O Mar Sem Fim ainda não está fora de combate. Apenas descansa levemente adernado. Quem sabe no próximo verão, com o degelo, ele recupere a liberdade que sempre teve e para a qual foi criado e volte ao seu habitat natural: o mar. A mim, e a meus companheiros, resta ajudá-lo. Foi o que fizemos após o café da manhã.

Há uma remota possibilidade de que o vento mude de direção e volte ao tradicional quadrante Oeste, nos próximos dias, empurrando o gelo para fora e liberando o *Marzão*. Neste caso, é preciso achar um local seguro para deixá-lo.

Na base chinesa Great Wall, aqui ao lado, há um molhe (espécie de ancoradouro) capaz de abrigá-lo durante o inverno que está prestes a congelar o mar. É preciso agir rápido.

Por sugestão do comandante Eduardo, é para lá que vamos, pedir autorização ao chefe Wang Dali.

Manhã movimentada. Enquanto esperávamos um carro da base Frei (aeronáutica chilena) que iria nos levar até metade do caminho, os russos de Bellingshausen, entre eles o extraordinário Ruslan Eliseev, que participou de nosso resgate, entram de supetão na sala.

Foi engraçado. No mesmo momento eu estava ao telefone contando ao meu pai as desventuras de ontem e a estratégia de hoje.

Eu dizia de nossa ida à base chinesa, meu pai nem sabia que existia, quando chegaram estes vizinhos.

Descrevi o que via pelo telefone: "pai, agora os russos chegaram (eu pensava que iriam conosco), vamos ter que sair com os chilenos pra base chinesa".

Silêncio perturbador do outro lado.

Papai, que está com 86 anos, deve ter pensado que tomei algum alucinógeno afinal ele sabia apenas de chilenos.

"Meu filho você se enganou. Você disse chineses, frisou, em vez de chilenos."

"Não, pai, é que aqui há também uma base chinesa onde existe um molhe..." E prossegui: "os russos vão com a gente".

"Quem?"

"Os russos."

"Russos?... Que russos, meu filho?"

"Olha, pai, além da possibilidade do molhe na base chinesa, há outra: um navio da Royal Navy está chegando, o HMS Protector, talvez ele possa levar o Mar Sem Fim no convés. Estamos tentando todas as opções. Mas antes vou falar com os chineses, junto com os chilenos e os russos."

Novo silêncio...

"João, onde você está afinal? Russos, chineses. Agora ingleses? O que está acontecendo?"

Ele não entendeu, percebi. Prometi que explicaria na volta. Preferi não contar que amanhã, em comemoração ao aniversário de Néstor Palma Belmar, encarregado do abastecimento de Fildes, haverá um churrasco com a presença dos uruguaios da base Artigas...

A Antártica é uma Babel. Irreal. E, às vezes, totalmente surreal.

Em seguida saí com Plínio e o Comandante Eduardo. Os russos vieram apenas dar um alô. Na verdade eles saíram para perambular pelas redondezas curtindo o hobby a que se dedicam nos momentos de folga: fotografar o ambiente antártico.

No carro, a caminho de Great Wall, lembrei a conversa maluca: "pai, agora os russos chegaram. Vamos ter que sair...". Imaginei a confusão e caí na gargalhada. Eu me contorci. Cheguei a chorar de rir. Literalmente. Plininho, ao meu lado, perguntou: "que foi, ficou maluco?"

Então contei sobre o telefonema. Rimos os dois. Foi bom para descontrairmos um pouco.

Em cerca de minutos chegamos à metade do caminho interrompido por uma barreira de neve que fechava a estrada. Teríamos que atravessar esse pedaço a pé. Do outro lado um carro dos chineses (avisados na véspera) nos esperava.

Irreal. O carro dos "chinos", como dizem os chilenos, é uma perua 4 x 4 australiana, portanto com a direção do lado direito. Pode?

Wang Dali, o chefe, é baixinho, troncudo e careca. Muito simpático. Ao nos ver caminhando, desceu do carro e veio nos cumprimentar.

O inglês dele é péssimo, tinha nos avisado o Eduardo. Ainda assim é o único dos "chinos" que arranha um inglês. Os outros só mandarim. Nos cumprimentamos efusivamente. Depois entramos no carro. O piloto, como não poderia deixar de ser, é desses de filme: alto, magro, rosto fino e barbicha. Tipo Zen. Lembra o personagem Gafanhoto, do antigo seriado de TV Kung Fu. E também é muito simpático.

Na véspera Eduardo nos contou sobre a camaradagem entre todas as bases e a língua franca daqui, o "antártico".

O "antártico" é uma mistura da língua de cada país, representado por seus oficiais e pessoal de apoio, um pouco de inglês, mímica e muita vontade de cooperar uns com os outros. De novo a solidariedade extrema que existe nestas bandas.

Chegamos cinco minutos depois.

Uma graça o interior. Todo decorado com máscaras de ópera chinesa, bandeirinhas no teto, restos da festa da Primavera chinesa.

Os outros “chinos” se aproximam. Trocamos apertos de mão, cada um falando seu idioma. Nós em português, eles, mandarim; Eduardo em inglês, Wang Dali numa mistura de mandarim com inglês.

Sentamos em volta de uma mesa. Chá quente é servido. Começa a conversa.

Eduardo introduz em inglês: “Wang Dali, estes são os brasileiros do barco de que falei. Eles precisam usar seu molhe”.

“Yes”, diz o chinês. “Podem usar.”

Em seguida Wang puxa do bolso um maço de cigarros cuja embalagem lembra Marlboro. Não resisti. Peço um e leio: “Double Happiness”, em inglês mesmo...

À medida que vamos falando, contando nossa história e a necessidade do molhe, Wang Dali consente:

“Yes”, “Yes.”

Os outros, em volta, cochicham. Se entreolham espantados: “Oh”...

Então Wang traduz para o mandarim.

Os “chinos”, mais uma vez, exclamam com cara de espanto: “Oh”, fitando bem fundo em nossos olhos.

O “antártico” corre solto.

Estamos na Páscoa, o feriado religioso dos que professam a fé cristã. Eduardo explica o significado.

“Oh”... respondem os chinos sem entender.

Percebo que Wang não compreende o motivo.

Para ajudar, explico num inglês bem pausado:

"Wang: this ho-li-day ha-pens to ce-le-bra-te the re-ssu-rec-tion of Je-sus Christ."

"Ahhh"... diz Wang sorrindo.

E olhando para seus companheiros em volta, curiosos, estende os braços cada um para um lado, as palmas das mãos viradas para frente, deixa a cabeça pender para um lado ao mesmo tempo em que fecha os olhos imitando a imagem de Cristo na cruz.

Os outros, em sinal de aprovação: "Oh", "Oh", "Oh"...

Foi engraçadíssimo. Conseguimos o molhe. Basta o gelo abrir.

Voltamos rapidamente para Fildes. Pouco depois, pelo rádio, nos chama o HMS Protector que estava a caminho. Avisado sobre nossa situação na vépera, ele não titubeou. Mudou seu curso para nos ajudar. Este navio da marinha britânica pegou ontem 168 nós de vento! Eu disse 168 nós (300 km/h)! E durante a pancadaria fez exercícios de salvamento descendo o bote no mar. Acreditem se quiser.

O Protector informa que chegaria na manhã seguinte. Mas avisa que tinham avaliado o tamanho do *Marzão* (mandamos fotos via e-mail) concluindo que não seria possível o transporte...

Só nos restam duas opções: o molhe chinês, caso o gelo se abra, ou deixar o Mar Sem Fim onde ele está por todo o inverno: preso em plena enseada defronte à base Fildes...

7/4/12

Acordo pouco depois das oito da manhã. Nem bem saí do beliche, Plínio voltou lá de fora arrasado. Ele me abraçou: "O *Marzão* naufragou, só a proa está de fora".

Foi um choque terrível. Um golpe.

Nosso último dia na Antártica foi um "*tour de force*" em emoções.

A primeira, logo pela manhã, foi esta.

Não acreditei. A gente sempre tem uma esperança, por piores que sejam as condições. Voltei para a cama. Deitei e me cobri. Em seguida, não sei se por descarga de adrenalina, comecei a ter violentas tremedeiras. Daquelas de filmes da África que mostram pessoas sofrendo ataques de malária.

Foram duas horas assim. Sentia um frio horroroso. E tremia de chacoalhar o beliche. Em seguida, a muito custo, me aquietava. Minutos depois voltava a tremedeira.

Não conseguia me concentrar. A cabeça rodava. Um turbilhão de pensamentos invadia meu cérebro sem que eu conseguisse distinguir qualquer coisa daquele volume impressionante de informações, imagens, sensações muito fortes. Em seguida voltavam os ataques.

Algum tempo depois Plínio entrou no quarto e tornou a falar comigo: "coragem, amigo, levanta. Temos que tomar providências. O Comandante quer falar com você".

"Aproveito pra te contar que o russo (ele se referia ao oficial Ruslan Eliseev que participou de nosso resgate) veio aqui te abraçar quando viu o Mar Sem Fim naufragar. Expliquei que você estava num momento íntimo, de reflexão, ele entendeu."

Não sei como aconteceu, o fato é que uma imensa força se apoderou de mim em seguida. Levantei, me recompus e segui ao escritório do Eduardo.

Sem nosso barco veio outro problema: como sair de Rei George?

O HMS Protector chegou. Pelo rádio o navio inglês chamou os chilenos e confirmou que não seria possível suspender o *Marzão* (eles ainda não sabiam do naufrágio), muito menos se aproximar da baía Fildes semicongelada.

Agradecemos. O navio seguiu seu curso. Diminuíam as chances.

Uma delas era um avião da força aérea uruguaia que chegaria no dia 17/4. Ele traria um grupo de amigos e autoridades daquele país até a base Artigas, que também fica em Rei George.

Ao mesmo tempo aguardávamos os uruguaios que viriam almoçar.

Ao meio-dia chegaram trazendo novidades nada boas. A bomba de água de sua base (normalmente as bases puxam água doce de lagoas formadas pelo degelo) havia congelado em razão do frio intenso e inesperado.

Os uruguaios tinham água para apenas uma semana e só para a guarnição formada por meia dúzia pessoas. Cancelaram o avião. Naquela condição não seria possível receber mais ninguém.

Caía outra oportunidade da gente sair de lá.

Corríamos o risco de passar todo inverno em Rei George. A situação, que já era ruim, ficou pior. Tínhamos apenas mais uma opção: o navio polar brasileiro Almirante Maximiano, que ainda estava por lá.

Logo depois novo contato via rádio, dessa vez com o Comandante do Max, Pinto Homem.

"Senhor João Lara", disse ele, "nós não temos condições de resgatá-los, o gelo não permite que nossos botes cheguem até vocês."

"Além disso", prosseguiu, "estamos novamente ameaçados de ficar presos."

"Sinto muito pela perda de seu barco, sei bem o que isso representa para um homem do mar, mas insistir pode ser pior."

Concordei. Não havia nada a fazer. O Comandante tinha obrigação de seguir para o Drake antes que fosse tarde. Nos despedimos. O Maximiano partiu.

Caía a derradeira opção.

Voltamos para o local da confraternização bastante apreensivos. Ficar quase um ano na base chilena a espera do próximo verão seria um desastre!

Mesmo assim nos distraímos com as visitas, o churrasco, a festa de aniversário.

De repente meu celular toca. Era minha ex-mulher, Gabriela. O acidente começava a ser divulgado no Brasil. Ela estava preocupada com a reação de nosso filho José, que estava na fazenda da avó. Decidi dar a notícia de viva voz. José veio ao telefone: "Filho, querido, papai está bem, mas o *Marzão* naufragou." Desespero do outro lado, gritos, soluços, voz totalmente engasgada. Aos prantos, soluçando, ele pedia mais detalhes. "José, meu querido, tudo que posso dizer é que estou bem. Em muito pouco tempo estarei a seu lado." Desliguei. Eu não conseguia mais pronunciar qualquer palavra... Voltei imprestável para o local da festa.

Enquanto conversávamos, o comandante Eduardo voltava ao telefone. Alguns minutos depois me chamam de novo.

A companhia de aviação DAP, a mesma a trazer o Plínio, percebeu que havia uma janela para um voo. Mas ele tinha que sair imediatamente ou o tempo fecharia. O custo do frete é salgado. Pior seria o isolamento. Autorizei.

Cinco minutos depois o avião decolou de Punta Arenas, cidade chilena às margens do Estreito de Magalhães. Em pouco mais de duas horas pousaria em Rei George.

Enquanto aguardávamos, o Comandante Eduardo entra na sala da festa, pede que abaixem o som e começa um discurso em nossa homenagem.

Fala bonita, sobre o sofrimento e emoções pelas quais passamos juntos.

Foi forte. Forte até para aqueles duros marujos acostumados a lidar com situações difíceis. Para que não esqueçamos, Eduardo nos oferece um diploma marcando nossa presença na Base Fildes, uma garrafa de vinho com rótulo especial, em comemoração à Campanha Antártica 2012... e uma bandeira do Chile.

Foi demais. Fiquei arrepiado. Um frio gelado subiu a espinha. Lágrimas brotaram instantaneamente. Olhei meus companheiros. Todos choravam. Foi a maior emoção que já senti.

Em retribuição, coloquei a bandeira chilena, o "pabellón Nacional" a que ele se referiu, no bolso superior esquerdo de meu macacão, "o lado do coração", expliquei. E no mais puro portunhol, ou "antártico", olhei para aqueles homens de pé, em círculo, e recitei: "Há homens que lutam um dia, e são bons; há outros que lutam muitos dias, e são muito bons; há homens que lutam muitos anos, e são melhores; mas há os que lutam toda a vida, esses são os imprescindíveis!"

E concluí: "ustedes, personal da base Fildes, son imprescindibles".

"Muchas gracias por todo."

Às dezoito horas deixamos a base chilena em direção ao aeroporto. Plínio, o maior caráter que já conheci, pessoa de lide fácil, ao mesmo tempo durão e emotivo, ganha a simpatia de qualquer cristão em segundos. Com os chilenos não foi diferente.

Felipe, o segundo do Comandante Eduardo, vira-se para mim, aponta o Plínio e diz: "Que personagem, João, que personagem!"

Quando Plínio sai da base, os chilenos se perfilam e cantam "Aquarela do Brasil" aplaudindo meu amigo.

Fiz força pra não desabar outra vez.

Entramos no carro. Os chilenos se aproximam, abrem a porta e gritam em uníssono:

Brasil: hip, hip, Urra!

Brasil: hip, hip, Urra!

Três vezes em seguida.

Às 18h42 do dia 7 de abril, emocionados e atordoados, levantamos voo em direção à Punta Arenas.

Por volta de nove da noite aterrisamos em Punta Arenas. O avião, um King Air, fez o trajeto da ilha Rei George ao continente em pouco mais de duas horas.

Descemos as escadas e entramos numa van que esperava na pista.

Alonso, arrasado, tinha dificuldade para andar. A diabetes provocou uma infecção no dedinho do pé direito. Manoel, lépido. Plínio foi o último a sair.

Tínhamos pouca bagagem. Quase tudo ficara no barco. Ao ser resgatado pelos chilenos desembarquei com a roupa do corpo, uma escova de dentes, máquina de fotografia e computador. Queria continuar cobrindo o acidente para meu site e redes socias, como fiz desde o início. Apesar da dramaticidade da situação, estava excitado, entusiasmado pelas centenas de mensagens solidárias que chegavam depois de cada postagem.

Era a primeira vez que cobria uma viagem "em tempo real". Segundos depois de colocar uma matéria, chegavam as respostas do público "do outro lado do mundo". Impressionante o poder da internet. Instantâneo!

Ainda atordoado, desci da van e entrei no prédio do pequeno aeroporto de Punta Arenas. Fui direto ao balcão dos táxis. Aquela hora não havia quase ninguém no saguão.

Enquanto procurava a condução, olhei e não achei meus companheiros. Voltei para a pista e, assustado, vi Manoel e Alonso abaixados em volta do Plínio, caído na calçada.

Corri. Quando cheguei perto ouvi o Alonso: "Plininho! Você escapou do mar e quer morrer aqui é? Levanta!"

Plínio tropeçou ao sair da van, caiu de costas na quina da calçada que dava acesso ao interior. Ao tentar levantá-lo perdi o equilíbrio e caí por cima.

Nós saímos de Rei George exaustos. Naqueles últimos dez, quinze dias, se dormimos dez horas foi muito. Durante o voo conversamos e bebemos uísque. Pagamos o preço na chegada.

O comandante do avião gritava ao nos ver amontoados: "No se pode quedar borrracho, es peligroso!" Manoel, ao lado, gargalhava. Chega um funcionário com uma cadeira de rodas. Atrás vinha um fotógrafo. Colocamos Plínio na cadeira.

O homem com a máquina tirava fotos. Eu não entendia por quê. Fomos para o hotel. Eu e Plinio num quarto, Manoel e Alonso em outro. Desmaiamos na cama.

No dia seguinte, ao levantar, procurei lembrar o que tinha acontecido. Minha cabeça estava embaralhada, sentia tontura, náusea. Acordei o Plínio. Ele não conseguiu sair da cama.

"Dá um tempo... tá doendo muito."

"Ok, vou ver como está o pé do Alonso e já volto."

Entrei no quarto dos marinheiros. Alonso, deitado, gemia. A dor era muito forte.

Naquela hora decidi: "Vamos já pro hospital".

Peguei o telefone, liguei para a portaria e pedi que chamassem um carro.

Instruí Manoel: "Se Alonso insistir em ficar, leve-o na marra". Voltei para nosso quarto, tirei Plínio da cama, ajudei-o se vestir. Descemos.

Um táxi aguardava. "Para o hospital", falei à motorista. No caminho percebi que ela nos olhava, curiosa, pelo espelho retrovisor. Estranho...

Até que pergntou: "Ustedes son los brasileños del yate?"

Caramba! "Si, somos." Então, puxou um jornal e me passou.

Na primeira página do "El Pinguino" a manchete estampava: "anoche llegaron a Punta Arenas tripulantes de yate brasileño que se hundió en la Antártida".

A matéria tinha uma foto do Plínio vidrado, olhar abobado, com um gorro torto na cabeça, sentado na cadeira de rodas no interior do aeroporto...

Puta que pariu! Mais esta... lembrei tudo no ato.

Minutos depois do check-in no hospital surge um médico: "Ustedes son del yate?"

Apontei para o Plínio e Alonso. Eram eles que precisavam de ajuda. Foram levados e colocados em um box cercado por cortinas.

Plínio tinha quebrado cinco costelas. O pé do Alonso recebeu um curativo.

Atendo meu celular. Era um repórter do jornal que veio ao nosso encontro para uma entrevista. Meu Deus, só naquele momento percebi a dimensão do acidente...

Em seguida, aflita, liga minha prima Marina: "João, querido, como vocês estão?"

Dois dias depois aterrissamos em São Paulo.

Meu filho José, acompanhado pelo Aloísio Christiansen, e seu irmão Marcelo, estavam esperando no aeroporto. Luis, o mais velho, foi poupado. Naquele ano fazia intercâmbio no Canadá. Um motorista levou Alonso e Manoel para o Guarujá onde moram.

Os amigos foram conosco para minha casa. No caminho o telefone tocava. Meus irmãos queriam notícias. Quando cheguei estavam todos na sala. Mais emoção. Eles trouxeram os jornais da semana. Estávamos nas primeiras páginas dos jornais *O Estado de S. Paulo*, *Folha de S. Paulo* e *O Globo*...

Apesar do cansaço, aquela foi mais uma noite passada em claro. Foram muitas ao longo deste ano...

No dia seguinte, cedinho, liguei o computador. Emoção outra vez.

10/4/2012

"Estimado amigo João:

Espero que estés muy bien junto a tu familia y ya les hayas dejado a todos mas tranquilos después de la experiencia que vivieron acá.

Te cuento que el yate se hundió completo, solo queda el mástil aflorado y las trazas de diesel están confinadas por el hielo. Aun no puedo acercarme pero apenas lo haga tomare fotos y te las mandare.

En cuanto al Ary Rongel, va navegando hacia Punta Arenas sin problemas. Así que ya estamos mas tranquilos.

Espero que Alonso este mejor de su pie y junto a Manoel, editen muy bien en sus casas.

A Plinio le mando un abrazo muy grande, espero que ambos guarden en un lugar especial nuestro pabellón Nacional. Para que no se olviden de este grupo de Imprescindibles, como dijiste el ultimo día por acá.

Cuando ya estés mas instalado, te encargo las copias de las pólizas de seguro para poder cerrar lo que me pide mi mando.

En nombre de todos los de Imprescindibles de Bahía Fildes. Les mando un gran abrazo.

Comandante Eduardo"

Dia 11 internei Alonso na Santa Casa de São Paulo. Meu primo, Antonio Penteado Mendonça, conseguiu lugar. Foi operado seis dias depois. Perdeu a ponta do dedo...

Até nisso meu acidente lembrava o de Shackleton. Depois da epopeia de quase dois anos do irlandês e da luta para salvar a equipe, um de seus homens perdera um dedo do pé por congelamento!

Dias depois recebo um correio do amigo meteorologista, Rubens Junqueira Villela. Só então entendi o que havia acontecido.

"Caro João,

Acho que sei da tristeza que você e sua tripulação devem ter vivido com a perda de um barco tão valoroso como o Mar Sem Fim.

É o que sente todo marinheiro nas circunstâncias e o que eu e meus companheiros a bordo sentimos em duas 'quase' perdas, com o Besnard quando encalhou em Ferraz, e o Rapa Nui quando virou no Drake. As três mais hostis forças antárticas conjugadas o abateram: vento, frio e gelo.

Felizmente funcionou para você a clássica solidariedade antártica, sino-russo-chileno-argentino-brasileira-coreana no caso... E que tanto confundiu seu pai que, agora fico sabendo pelo seu blog, é 'apenas' 4 anos mais velho que eu, que acabo de completar os 82...

Tomei conhecimento um tanto tardiamente desta sua viagem. Comecei a acompanhar a evolução meteorológica na área da Península só no dia 5/4 quando vi uma notícia sobre a falta de notícias do iate russo-ucraniano Scorpius. Pouco depois fiquei sabendo que o Mar Sem Fim também estava em apuros. A situação meteorológica reinante nessa ocasião é minha velha conhecida, como objeto de pesquisa e experiência de campo (mar). Trata-se da combinação de um ciclone típico do Drake com com um fenômeno mais recentemente descoberto (1977) e explicado, o chamado 'jato frio inercial' ou 'low level, cold inertial jet', na denominação do descobridor, o prof. Werner Schwerdtfeger, alemão da Univ. Wisconsin, em Madison, que trabalhou na Argentina onde o conheci, e já falecido.

O indício que o jato inercial estava para se desencadear aparece na observação das 00 GMT do dia 3 de abril, de Marambio e Esperanza no lado leste da Península: o vento salta para Sul-Sudoeste com 40 nós e muito frio (até -19 °C). Na ponta da Península, o vento torce violentamente para a esquerda (leste) pelo efeito Coriolis, devido a rotação da Terra, e entra no Bransfield e Shetlands do Sul de SE, E, virando para NE na altura de Deception. O efeito disso sobre a deriva dos gelos marinhos carregados do Mar de

Weddell foi descrito pelos ingleses quando ocuparam as bases 'secretas' de Deception e Admiralty Bay na década de 1940, e posteriormente pelos argentinos, que chamam o Bransfield de Mar de la Flota. O efeito do jato inercial distorce os padrões de circulação na retaguarda do ciclone e contribui para manter os ventos mais fortes e por período mais prolongado e de componente Leste, quando o normal seria adquirir direção SW na retaguarda da baixa pressão.

Este tipo de situação ocorreu também em dezembro de 2003 e com resultados trágicos, com a morte de um pesquisador coreano a bordo de bote inflável que virou, navegando entre Frei e King Sejong, conforme descrito no meu artigo na revista *Scientific American Brasil* de fevereiro/2004.

Espero que você tenha salvo os filmes e que possamos assim ver mais um dos seus excelentes documentários!

Um abraço antártico e solidário,

Rubens J. Villela"

Então foi isso... agora entendo o motivo do vento Leste – Sueste que nos derrubou. Senti um vazio, um enorme buraco no peito...

Se não tivéssemos perdido leme e bucha, mesmo sendo o fim do verão, haveria tempo para voltarmos. Mas levamos seis dias para chegar em Potter. E os reparos custaram outros dez. Dezesseis dias ao todo. Atraso fatal.

Essas coisas não saíam de minha cabeça desde o início, especialmente depois das últimas conversas em Ushuaia antes de partir. Minha intuição ativara o sinal vermelho, não sei por que insisti.

Nos meses seguintes eu passava os dias atormentado, relembrando as cenas da viagem.

Mas a noite era pior. Pesadelos horríveis: ouvia vozes chamando meu nome na escuridão. Como "música de fundo" o barulho das ventanias. Acordava assustado, banhado em suor. Durante a semana conversava com

Plínio. Ele também não dormia. Tinha os mesmos sonhos relembrando os piores momentos que passamos juntos.

Culpa... cada vez mais culpa. Era tudo o que sentia.

Perdi o barco. Meu amigo Alonso, uma falange do dedinho do pé. E Plínio estava com cinco costelas quebradas. Que merda!

Enquanto isso as mensagens não paravam. Quando liguei meu computador depois de chegar a São Paulo havia mais de mil! Todas lindas. Nunca sonhei com solidariedade tão forte. Era emocionante. Eu lia, engasgava e chorava compulsivamente.

Poucos dias depois do retorno me dei conta de que aquela gente toda ignorava a história de meus tripulantes.

Escrevi para o site:

11/4/2012

Plínio Romeiro Jr.

Conheci o Plínio nos anos 1960, mais precisamente em 1967, quando meu pai ficou sócio do Iate Clube de Santos.

Eu tinha 12 anos e nunca havia navegado. Plínio tinha 14 e já era safo nas coisas do mar. Pilotava botes com extrema destreza. Cuidava do barco do pai. Era o próprio marinheiro do Plinião.

Engraçado. O Plínio desprezava a companhia de garotos. Tinha poucos amigos da idade dele, mas era companheiro dos amigos do pai: tio Caco, Eduardo Simonsen, Lulu Pacheco, Ângelo Bonomi, Cásio do Val, Diogo Lara, Rubens Fonseca Rodrigues, Wallace Franz (campeão mundial de corridas off shore), Cláudio Franco do Amaral, Jean Pieere Gonthier e até meu pai e minha mãe, a quem chamava de "Ruy" e "Laurita".

Desde bebê ele frequentou o ambiente náutico. Preferia ficar sapeando as conversas de seu pai, na varanda do clube, a dar atenção aos moleques que chegavam como eu e meus irmãos.

A turma do Plinião era formada só por craques da náutica da São Paulo daquele tempo. Um grupo que costumava navegar com frequência. Foi com eles que Plínio aprendeu tudo sobre náutica.

Habilidoso, cuidadoso e muito observador, em pouco tempo falava de igual para igual com esta gente. E era respeitado, pela pouca idade e grande conhecimento que já tinha.

Aos poucos nos aproximamos. Com o tempo aquela amizade, tímida no início, se tornou fraternal. Plínio me acompanha até hoje. Foi, e ainda é, pessoa fundamental no meu círculo social e, sobretudo, nos conselhos e ensinamentos náuticos.

Nos fins de semana nem era preciso perguntar qual o programa: Iate Clube de Santos.

Se o tempo estivesse muito ruim, ficávamos pelo clube, entre barcos, lanchas e veleiros. Navegávamos de botinho pelos canais do porto.

Ainda me lembro de uma das primeiras lições que ele me deu. O tempo havia fechado, o sudoeste corria brabo. Plínio resolveu entrar de lancha pela barra de São Vicente muito perigosa quando tinha este vento.

Fomos juntos. Uma loucura. Mas o Plínio sabia “ver o mar” desde aquele tempo.

Contava as ondas calmamente, esperava o momento certo e entrava barra adentro sem o menor risco. Desde pequeno era assim.

Eu gostava de música e ele também. Enveredei pela erudita, ele pela popular.

Mais tarde estudamos no mesmo colégio, o Rio Branco. Esperávamos com ansiedade a chegada da sexta-feira. Era dia de descer para Santos, para o mar.

Nas férias a mesma coisa: meu pai saía com seu barco, o Albardon, e o Plinião com o dele, o Seresta. Nós, e nossos irmãos, íamos juntos. Enquanto meu pai pescava, eu pulava para o barco do Plinião para aprontar com meu amigo.

Foram anos assim. Toda a década de 70, em quase todos os fins de semana.

O tempo passou. Fui para os Estados Unidos estudar música em 1979. Fiquei até 1982.

De madrugada, em São Paulo, Plininho ia para as boates da moda, como o Flag, para ligar sem pagar a conta.

Era comum o telefone tocar em Nova Iorque às 3, 4 da manhã. Eu acordava sonolento. Era ele querendo saber novidades, contando das farras que fazia, perguntando por mim. Matávamos as saudades.

Por três anos esta situação se repetiria. Quando eu saía e ele ligava, meu *roommate*, um pianista americano, ficava puto da vida porque o telefone estourava de tocar de madrugada sem ninguém para atender.

Quando eu chegava em casa tinha recado: "*João, your crazy friend called again*".

Voltei em 1982 e assumi a direção da Eldorado.

Por este tempo o Plínio trabalhava numa faculdade. Tinha um belo futuro pela frente. O dono do grupo de educação, João Carlos Di Gênio, adorava o cara, tinha confiança nele. Tudo indicava que faria uma bela carreira.

Mas Plininho não gostava daquele ambiente. Achava formal, "certinho" demais.

Encontramo-nos e ele pediu trabalho na rádio. Expliquei que ali seria jogo duro: não havia grana, a rádio estava falida, "os salários eram uma merda", desaconselhei. Mas ele insistiu.

Uma semana depois estava comigo na Eldorado. Por vinte anos foi meu braço direito na rádio. Ele fazia de tudo: programação musical, textos, reportagens, discoteca, fosse o que fosse. Não tinha tempo ruim.

Até dirigir viaturas, como conto no livro *Eldorado - a Rádio Cidadã* (editora Terceiro Nome) ele dirigiu. E sempre com o mesmo bom humor, o mesmo pique, a mesma boa vontade até hoje.

Foi ele o responsável pela volta das corridas de lancha Off Shore, quando criou, com a competência de sempre, o Primeiro GP Eldorado Off Shore, Santos - Ilhabela, no início dos anos 1980.

Até que veio a Antártica. Quando começaram os problemas, na ilha Deception, em 17 de março, eu sabia que a chance de tirar o barco da enrascada era mínima.

Mais uma vez recorri ao Plínio. Via e-mail, e pelo telefone satelital, eu contava para ele da encrenca em que havia me metido. Conversávamos sobre possíveis soluções. Como sempre meu amigo dava as dicas sobre o que fazer.

Contei que iríamos para Rei George, onde havia mais recursos e até uma pista onde um avião poderia pousar. Através dele poderiam vir as peças de reposição.

Quando percebi que ficaria sozinho, em 20 de abril, mandei um e-mail pedindo que viesse ajudar. Não foi preciso mais que isso.

No dia 23 de março, às dez e meia da manhã, Plínio pousou na ilha com a bucha nova.

Ele não pensou duas vezes. Largou o trabalho, a mulher, Arlete, que acabava de voltar de viagem, e embarcou para a Antártica, para o que sabia ser a maior roubada de sua vida.

Este é o meu amigo.

Plinio, querido, eu jamais vou esquecer o que você fez por mim. Nunca mais.

Vai comigo pro túmulo. Um beijo, meu amigo, e obrigado pela amizade.

Você é muito mais que imprescindível.

Dias depois, nova postagem:

23/4/2012

A tripulação do Mar Sem Fim

"Falta contar de meus dois tripulantes: Alonso e Manoel.

Trabalho com o Alonso há cerca de vinte anos. Somos mais que parceiros. O tempo nos transformou em amigos.

Marinheiro raçudo, Catarina, ex-pescador, ex-mestre em barcos de pesca e com um belo currículo na vela.

Com as crianças a bordo, meus filhos Luis e José, descobri uma nova faceta do Alonso: a candura. O carinho, que ele quase nunca consegue demonstrar aos adultos, flui com naturalidade para os mais novos. É impressionante como trata os pequenos com gosto, tomando conta, divertindo, mostrando as primeiras regras do mar conforme vão crescendo, ensinando a pescar ou a pilotar motores de popa.

Luis e especialmente José são amigos do Alonso. Cresceram com ele ao redor.

Quando fizemos a costa brasileira, era comum eu ligar do barco para meus filhos.

Depois de papear com o Luis, contanto minhas novidades e perguntando as dele, vinha o José: "Oi, pai, tudo bem, deixe eu falar com Alonso?".

Eu ficava sem graça. Comigo ele não queria papo, mas com o Alonso...

E o cara é versátil. Um marinheiro só vira "lobo do mar" se tiver uma boa passagem pela vela. Alonso teve escola. E das boas.

Nos anos 1970, quando Fernando Nabuco montou uma tripulação para correr regatas internacionais no legendário Wa Wa Too, Alonso fazia parte do grupo.

Entre outras ele participou da famosa Admiral's Cup, organizada pelo Royal Ocean Racing Club, da Inglaterra, uma espécie de campeonato mundial, não oficial, de veleiros de oceano.

Outra regata emblemática era a Bermuda's Race, uma competição bianual que existe desde 1906.

Participando de uma delas o Wa Wa Too pegou um rabo de furacão. Durante vários dias navegaram em árvore seca (sem nenhuma vela) com ventos de 60, 70 nós e, mais, fazendo 8, 10 milhas de velocidade enquanto esperavam o tempo melhorar.

Alonso vivia me contando essas histórias no cockpit do Mar Sem Fim enquanto navegávamos pela costa brasileira. Eu tremia só de pensar. Ficava imaginando minha reação se um dia pegasse situação parecida...

Como conto no livro *O Brasil Visto do Mar Sem Fim*, Alonso é indispensável. Ele é daqueles que "enxerga o vento" quando ninguém o vê e "lê o mar".

Ensinou-me muito. Devo demais ao Alonso.

Ele está na casa dos sessenta. Para quem não é íntimo, se mostra reservado. Às vezes até carrancudo. Mas é fachada. Construída não sei por quê.

Por trás da máscara está uma pessoa emotiva, amorosa. Um ótimo caráter. Excelente profissional, amigo verdadeiro e o melhor cozinheiro de todos os barcos em que já naveguei. Opinião partilhada por todos que viajaram com ele. Não importa as condições, sai sempre uma comida deliciosa.

Manoel também é Catarina. Uma figura. Está na casa dos trinta, magrinho, mas forte como um touro. Tem olhos azuis e uma mania: não descobre a cabeça nem quando dorme. Está sempre com um boné ou gorro. E come como um leão. Faz pratos que até a mãe duvida. Sapeca tudo com farinha por cima, seja lá qual for a comida, triturando a mistura em minutos. Come duas pizzas sozinho. E trabalha 24 horas por dia.

É de longe o nome mais citado a bordo: "Manoel" para cá; "Manoel" para lá. O dia todo é assim. Ele atende sempre do mesmo jeito: sorrindo, prestativo, divertido com seu sotaque inconfundível. É pau para toda obra.

Começou a trabalhar conosco quando consegui o Mar Sem Fim a motor.

Ele emplacou de cara.

Atualmente era quem mais conhecia o barco. Tinha total intimidade com suas entranhas.

Nos últimos anos, desde que parti para minha primeira viagem à Antártica, em outubro de 2009, Manoel morou a bordo.

Ele era popular em Ushuaia. Ficou conhecido por suas maiores qualidades: a simpatia, o bom humor que não falha um dia no ano, o sorriso permanente estampado no rosto. E o boné, ou gorro, inseparável... misterioso.

A casa de máquinas do Mar Sem Fim era um primor, orgulho de nosso amigo.

Ele sabia a função de cada chave ou botão, entre as centenas que um barco daquele porte tem.

E se tornou um exímio pescador de centojas. Quem fez a viagem pelos canais, e não foram poucos, sabe.

Na proa, debaixo de pau, dá show. Maneja o guincho e as âncoras no meio de nevascas com 60 nós de vento, sensação térmica de menos 30 ºC, o *Marzão* enfiando a cara n'água nas caturradas, como se fosse a coisa mais natural do mundo. Calmo, ágil, parece um sagui saltando de um lado para o outro conforme a manobra, como malabaristas de circo. Proeiro nota dez!

Sinto falta dos dois.

No passado quando fiz a costa brasileira de veleiro por dois anos, para os documentários da Cultura, foi o Alonso quem morou a bordo. Ele adorava o velho *Marzão* e seus dois mastros.

Não gostou quando passei para motor. Brigou comigo. Ficou triste de perder a vela, as regatas em Ilhabela, as várias Recife – Noronha que fizemos ou a Eldorado – Brasilis. Que bela regata aquela! Cinco a seis dias de mar e vento só para chegar.

O homem virava um bicho! Não dormia, velejava o tempo todo, cozinhava mesmo com barco adernado e jogando. Valia por dez.

Desta vez ele não se entusiasmou com a Antártica. Quando liguei para avisá-lo percebi algo estranho no ar, ele não queria ir. Sexto sentido? Insisti e ele não me abandonou. O resto já se sabe.

O que não contei desta personalidade marcante é o grande amor pelos barcos e pela profissão. Bonito de ver. Não queria abandonar o Mar Sem Fim em Fildes. Tive que falar grosso com ele. Praticamente exigi.

E na noite do naufrágio não conseguiu dormir. Estávamos no mesmo beliche.

De cima pude ouvir a noite toda um choro abafado. Sentido. De quem não se conforma em abandonar um barco.

Abraço os dois neste post. E torno pública minha admiração, agradecimento e respeito.

Vocês sempre foram e continuam sendo imprescindíveis.

Aos poucos, se arrastando, terminou o mês de abril.

Entramos em maio. Eu me esforçava para tomar as muitas providências que o acidente provocou mesmo dormindo muito pouco em razão dos terríveis pesadelos que não davam trégua.

Fui à Brasília encontrar o responsável pela Comissão Interministerial para os Recursos do Mar (Secirm) e gerente do Programa Antártico Brasileiro (Proantar), o Contra-almirante Silva Rodrigues.

Ele queria conversar sobre o resgate no próximo verão. Almoçamos. Expliquei que contrataria uma empresa especializada, do Chile, e um rebocador para trazer o Mar Sem Fim de volta.

O Almirante é fácil de lidar. Simpático, foi prestativo e generoso. Garantiu que a Marinha do Brasil iria apoiar de todas as formas possíveis.

Em julho eu ainda estava muito abatido, cansado, mas as providências para o resgate adiantadas. Duro era esperar e aguentar os frequentes pesadelos, o sentimento de culpa, a dor...

Um dia um grupo de amigos, capitaneado por Silvana Tinelli fez um convite interessante. Tinham alugado um veleiro para uma semana de cruzeiro na Croácia. Depois iriam à Capri comemorar o aniversário da Silvana. Eu não queria ir?

Aceitei.

Por quinze dias esqueci meus problemas. E pela primeira vez consegui dormir bem. No volta ficamos dois dias em Roma antes de pegar o avião para São Paulo. Escolhemos um hotel simples, na Piazza di Spagna. Ao chegarmos descobrimos que a rua era fechada para carros. Desci e fiquei na esquina esperando com as malas. Ana Carvalho Pinto, minha primeira mulher, estava de novo ao meu lado, voltamos a namorar depois do acidente. Ela e nossa amiga, Tereza Fittipaldi, vão a pé ao hotel pedir ajuda.

Minutos depois sai do prédio um senhor baixinho, gorducho, esbaforido. Era o dono do hotel. Ana e Tereza atrás dele. Ao se aproximar correndo em minha direção o homem abriu os braços e falou olhando firme em meus olhos:

"*João Lara, João Lara! Per che Antartica, João Lara? Venire a Roma...*"

Não acreditei. Até tu Brutus?

O acidente tivera ampla repercussão internacional, divulgado na Europa, Estados Unidos, América do Sul... A desventura do Mar Sem Fim se tornara conhecida até ao dono do hotel...

Resgate do Mar Sem Fim

Começa a operação de resgate do Mar Sem Fim

Desde o dia 7 de janeiro estamos em Punta Arenas hospedados a bordo do navio Felinto Perry, da Marinha do Brasil, que vai nos levar até a Antártica para o resgate do Mar Sem Fim. Temos pouco tempo. O Verão já vai alto.

Ansioso e preocupado, não vejo a hora de começar. A operação terá sucesso? Haverá dano ambiental? Resgataremos o barco este ano ou o "inferno" em que vivo desde abril de 2012 se arrastará até o próximo ano? Estas dúvidas não me deixam em paz.

Vieram comigo Plínio Romeiro Jr., o cinegrafista Alessandro Taques e o editor e cinegrafista Alexandre Nogueira. Pretendo registrar tudo em forma de documentários para a TV e meu site.

Esta manhã tivemos uma reunião com o Comandante do navio sobre as condições no Drake. "O bicho está pegando na área". Ventos muito fortes e ondas altas atrasam nossa saída. Vamos aguardar no porto de Punta Arenas as condições melhorarem.

O Felinto Perry foi construído na Noruega, em 1979, e incorporado à Marinha do Brasil em 1988. O navio, de 78 metros de comprimento por 18 de largura, leva cerca de cem tripulantes e tem uma autonomia média de trinta dias no mar. Sua especialidade é socorrer submarinos em apuros.

Tive sorte. Este verão ele foi enviado para a Antártica para ajudar no trabalho de remoção da base brasileira incendiada em fevereiro de 2012.

As regras do Tratado Antártico, do qual o Brasil é signatário, exigem que todos os destroços sejam trazidos de volta para a América do Sul. Por isso a carona. A Marinha tem que cuidar do que sobrou da base; e eu, do meu barco.

Está quase tudo pronto para a partida. Contratei a empresa chilena Nautilus para levantá-lo do fundo do mar. Falta acertar um rebocador para trazer de volta o Mar Sem Fim e, em seguida, deixaremos Punta Arenas.

11/1/13

Vendaval assola Punta Arenas

Dia de muita ação. Pela manhã tivemos uma reunião com a presença do Comandante Luiz Felipe, eu, Plínio e "Don" Francisco Ayarza, responsável pela Nautilus.

Mais uma vez foi discutida a "faina" que será feita. "Don" Francisco, como dizem os chilenos, repassou sua parte. Havia preocupação sobre o reboque do Mar Sem Fim através do pior pedaço de mar que existe: o estreito de Drake.

Acertei com a empresa Ultratug, que usará um rebocador de 90 pés (31 metros), de 130 toneladas, com dois motores caterpilar de 3.500 hps cada.

Duro foi decidir quem daria a certificação para o Mar Sem Fim navegar depois de preparado. "Don" Francisco disse que não era com ele. A Ultratug alegou que sua tarefa é trazer o barco de volta…

Paira no ar o medo de naufrágio. De quem seria a culpa?

Decidiu-se pela contratação de um renomado engenheiro naval de Punta Arenas, que iria de avião para Rei George vistoriar o barco antes da travessia. A tensão diminuiu depois desse acordo, mas tornou a subir ao sairmos.

Punta Arenas, assolada por um vendaval que poucas vezes vi (60 a 70 nós de sudoeste, cerca de 120 km/h) parecia a porta do inferno.

Era difícil andar na rua tamanha a força do vento. Ora ele nos joga para frente, ora para trás, e sempre com uma força tremenda. Lembrei dos dias que antecederam o naufrágio. E tremi. Será assim quando chegarmos?

13/1/13

Sábado: uma tarde inesquecível no Shackleton's bar

Punta Arenas nasceu às margens do Estreito de Magalhães quando essa passagem marítima era a única ligação entre Atlântico e Pacífico (o Canal do Panamá só foi aberto em 1914).

Desde a primeira vez que a conheci, quando Vilfredo Schurmann me convidou para atravessar o estreito a bordo do Aysso, um prédio, em especial, chamou minha atenção. Bonito, com arquitetura rebuscada, jardins envidraçados e detalhes pitorescos aguçaram a curiosidade. Nunca tive tempo para investigá-lo.

Aproveitei para dispersar a tensão, ao fim do vendaval, passeando nas imedições. Ao passar defronte àquela beleza, estiquei o pescoço e olhei para dentro. Seria um museu?

Havia uma placa no alto da parede. Pude ler da rua: Shackleton's bar. Não acreditei.

Entramos. Descobri que a mansão é o Palácio Sara Braun, construído no século XIX, hoje transformado no hotel José Nogueira. O bar homenageia o irlandês Sir Ernest Shackleton, fantástico navegador do período heroico da conquista da Antártica, que esteve nesse edifício ao voltar da ilha Geórgia do Sul.

Que estranha coincidência... Será premonição? Meu acidente foi uma repetição do dele. Eu estava naquele prédio "fazendo hora" para resgatar meu barco. Shackleton esteve aqui, exatos 96 anos atrás, pelo mesmo motivo: descobrir um meio de resgatar sua tripulação na ilha Elephant, vizinha a Rei George e parte do mesmo arquipélago das Shetland do Sul! Quem não conhece a saga de Shackleton e seu barco, *Endurance*, deve fazê-lo. É uma linda história mostrando como o fracasso pode se transformar em sucesso. Há uma penca de livros deliciosos sobre ela, considerada a mais bela narrativa náutica de todos os tempos. Uma delas escrita pelo protagonista.

Shackleton saiu da Inglaterra em 1914 a bordo do *Endurance* com a intenção de chegar até a Antártica e atravessar o continente a pé.

Antes disso, o navio foi aprisionado pelo gelo no mar de Weddel, tal qual o Mar Sem Fim em Rei George. Shackleton percebeu que se não saíssem em busca de socorro morreriam. O *Endurance* naufragou, assim como meu barco.

Com coragem e determinação, ele guiou sua tripulação pela banquisa, arrastando atrás de si os escaleres do navio durantes dez longos meses. Quando não foi possível caminhar, em razão do degelo, navegaram.

Colocaram os barquinhos n'água e seguiram até a ilha Elephant. Shackleton decidiu que não poderia ficar a espera de socorro naquela ilhota erma fora das rotas marítimas da época.

Ele fez o impossível: com um escaler reforçado, o James Caird, navegou 800 milhas atravessando o Drake numa "casquinha de noz", até a Geórgia do Sul, onde havia uma estação baleeira e navios que poderiam ajudá-lo.

Da Geórgia do Sul, a bordo de um baleeiro, Schackleton por três vezes tentou salvar seus companheiros, mas o gelo não permitia a aproximação de Elephant. O irlandês decidiu seguir para Punta Arenas.

Aqui conseguiu o empréstimo do rebocador Yelcho baseado no porto da cidade. Com ele, quase dois anos depois, navegou até Elephant e resgatou sua tripulação. Não teve sequer uma baixa, apenas um de seus homens perdeu um dedo do pé congelado. Outra sinistra coincidência.

Alonso, imediato do Mar Sem Fim, perdeu a ponta do dedinho do pé, não por congelamento, mas por diabetes agravada pela viagem.

Nas paredes do bar em que passamos a tarde de sábado, em sentido cronológico, lindas aquarelas retratam cada detalhe da epopeia de nosso herói: a saída do Endurance de Playmouth, na Inglaterra, a chegada à Antártica, o aprisionamento e posterior naufrágio, Elephant, a travessia do Drake, a Geórgia do Sul e, finalmente, Shackleton subindo a mesma escada que usei para entrar na mansão Sara Brawn, onde conseguiu o rebocador que resgatou sua equipe!

Senti um frio na espinha quando olhei o interior daquela sala. Eu me vi pequeno diante da grandeza do irlandês. Mas tomei coragem. Sentei numa das belas poltronas de couro, ao lado do Plínio, que percebera tudo. Ele não disse uma palavra, mas notei lágrimas em seus olhos. A percepção de meu amigo fora idêntica à minha. Pedi um gim tônica, bebida preferida dos britânicos e, em silêncio, refleti sobre um possível significado oculto enquanto reverenciava a memória do mestre.

16/1/13

Finalmente chegou a hora da partida. Nesta quarta às dez horas da manhã, "suspendemos", como se diz no jargão da Marinha, em direção à Antártica. Parto em busca de um amigo que jamais navegará. Depois de quase um ano debaixo d'água, não há o que se possa fazer. De volta a Punta Arenas aquele lindo barco, tão querido, será vendido como sucata. É doloroso. O *Marzão* acabou. Se tivermos sucesso será o momento de fechar essa página marcante de minha vida.

17/1/13

Navegando no Felinto Perry

O dia estava bonito, com sol, algumas nuvens e não muito frio. Iniciamos a descida pelo Estreito de Magalhães. Um par de milhas abaixo, saímos do canal principal, que segue em direção ao Pacífico, e entramos por outros, menores, que desembocam no Canal de Beagle, porta de entrada e saída para a Antártica.

Hoje acordamos cedo, às sete horas o café da manhã é servido. Botei a cara para fora e percebi que estávamos no Braço Noroeste do Beagle perto de Ushuaia.

Em breve cruzaríamos com imensas geleiras testemunhas da última era de glaciação, 12 a 15 mil anos atrás.

Ao passar defronte a Ushuaia, tentei fazer contato usando um rádio VHF, mas não consegui falar com nenhum conhecido, em compensação conversei com o trawler brasileiro *Blue Dreams* que navegava em frente à cidade. Uma beleza de barco!

Eles retornavam do Cabo Horn e seguiam agora para o "Circuito Ventisquero", repetindo as viagens de charter que eu fazia com o Mar Sem Fim.

Acabo de saber que houve mudança de planos do Felinto Perry. O Comandante Luiz Filipe informou que há um centro de baixa pressão (tempo ruim) nas imedições. Vamos fundear em Puerto Williams (23 milhas abaixo de Ushuaia) para aguardar sua passagem. Só depois retomamos a viagem.

18/1/13

A travessia

Ontem às dez horas da noite, confirmada a meteorologia favorável, deixamos Puerto Williams.

Divido uma cabine com "Don" Francisco Ayarza. Ele é uma figura, tem 79 anos (vai fazer oitenta a bordo, dia 30/1), barba rala e porte elegante. Amável, refinado e sobretudo calmo. Descobri outro interesse em comum, além do náutico. Ele adora música. Conversamos sobre o Concerto de Mozart, para clarineta, que ouço sempre na cabine, e sobre aspectos de sua vida.

Don Francisco começou a mergulhar nos anos 1950, trabalhando em plataformas de petróleo na região do Estreito de Magalhães. Depois especializou-se em recuperar naufrágios.

Frequenta a Antártica faz tempo, prestando serviços submarinos para as bases científicas do Chile, na baía Mawell, onde o Mar Sem Fim naufragou. Em 1989 foi chamado para estancar o vazamento de óleo do navio polar argentino *Bahia Paraíso* que naufragou em Palmer, ilha Anvers, próximo a uma base norte-americana.

Os oficiais da Armada Argentina escolheram um canal errado ao sair de Palmer. Não cartografado. O resultado foi um rasgo no casco provocado por uma pedra.

O imenso navio, que entre outros equipamentos levava dois helicópteros Sea King, afundou, causando um acidente ecológico de grandes proporções. Em seus tanques havia 900 toneladas de diesel, 600 das quais vazaram antes da chegada de Don Francisco.

Sopro de otimismo. A recuperação do Mar Sem Fim está em boas mãos.

19/1/13

Como sempre, pontualmente às sete horas da manhã, fomos acordados pelo apito indicativo do café da manhã. Tudo a bordo dos navios da Marinha do Brasil funciona a base de apitos. Em toda parte há alto-falantes que retransmitem o som prododuzido pelo "senhor" Mestre (oficial de bordo encarregado, entre outras, desta tarefa). São dezenas de toques diferentes. E cada um tem significado próprio: saída do cais, café da manhã, almoço, jantar, ceia, arriamento da bandeira brasileira e por aí afora. Esta é uma tradição da marinha inglesa que foi chamada, no tempo do Segundo Império, para organizar a nossa. Nos barcos à vela daquele tempo usava-se o apito para avisar a marujada sobre as manobras. Herdamos a tradição. Depois do café saí para o convés. Abri a porta e senti o frio intenso e a forte cerração. Entramos na Antártica esta madrugada por volta das seis horas quando cruzamos o paralelo dos 60º de latitude Sul, também conhecido como Convergência Antártica, linha imaginária com cerca de 20 a 30 milhas onde as águas frias da Antártica afundam por baixo das águas mais quentes da região subantártica (entre os paralelos 48º e 60º Sul). Podemos dizer que já estamos "na última fronteira do globo".

Acabo de ouvir o apito indicativo do “rancho”, como se referem ao almoço. Vou descer para a “Praça d’Armas” (refeitório). A Marinha tem dessas coisas: apitos e palavras estranhas ao vocabulário leigo. Mas é fácil se acostumar.

20/1/13

Às sete da manhã avistamos Rei George, distante 6 a 7 milhas. E tivemos mais uma boa notícia: o sol apareceu pela primeira vez! A Antártica com sol é o paraíso dos fotógrafos e cinegrafistas.

As cores ganham intensidade, mais contornos e nitidez. O ar limpo aumenta o campo de visão. E a paisagem belíssima se destaca. Surpreende. O conjunto é de arrepiar.

10H15 DA MANHÃ

Estamos aproados para a ponta Leste da ilha Rei George, ao dobrá-la navegaremos até a enseada Martel. É nela que fica o que sobrou da base Ferraz. O Comandante Luiz Felipe quer pegar uma barreira de contenção (de petróleo) para ser usada no resgate.

Em seguida vamos para a Baía Maxwell, onde o Mar Sem Fim afundou.

A cada dez, quinze minutos, paro de redigir. Visto um monte de casacos e vou lá fora observar. A visão é espetacular. Uma explosão de azuis: o céu, o mar, as geleiras e os icebergs. Cada qual com seu tom peculiar e textura próprios. Parece outro mundo. A Antártica é uma das maravilhas do planeta. Confirmo essa impressão a cada viagem.

A temperatura no verão, em dias de sol, não é tão baixa quanto se pensa. Oscila entre -5 e 5 ºC. O problema é o vento. A sensacão térmica faz a temperatura cair para -15 a -20 ºC. Mesmo com roupa especial não dá para ficar muito tempo exposto. Outra característica é a rapidez das mudanças climáticas.

Incrível! De azul, em segundos, o horizonte fica cinza. Pouco depois baixa a cerração. Navegamos às cegas. Não se vê um palmo à frente.

21/1/13

Desembarcamos em Rei George para uma reunião entre brasileiros, chilenos e russos discutirem o trabalho que começa amanhã. Conheci o novo comandante da base chilena Fildes. Marcelo Villegas contou que o tempo está "maluco", fora do normal, com ventos de 60 a 70 nós quase todos os dias. Cerração frequente. Condições longe das ideais. Dormi com um gosto amargo na boca.

22/1/13

O primeiro mergulho

O chefe da base russa emprestou a barcaça deles para apoio aos mergulhadores. Daqui a pouco ela virá até o Felinto Perry para receber o container de equipamentos da Nautilus. Em seguida será fundeada ao lado do naufrágio.

O nó aperta. Oleg, o chefe russo, cedeu o equipamento somente até o dia 31 de janeiro. Como o clima está atípico para o verão, fico preocupado. Percebo uma certa tensão no ar, o que não é nada bom. Estamos apenas começando a temporada antártica. Daí para desandar é um passo.

Trabalhar sob pressão e sem harmonia é a pior coisa que existe. Vamos ter que nos esforçar. Durante a navegação eu estava preocupado em saber como reagiria ao voltar à cena do naufrágio.

Ontem, quando desci em terra, a carga emocional veio de vez. Senti um enorme peso. Não pela perda material, mas pelo alvoroço que provoquei. O aparato é gigantesco: um enorme navio com mais de cem tripulantes. Equipamentos caríssimos, a necessária ajuda de outros países sem a qual nada se faz. Uma mobilização sem precedentes no lugar mais hostil ao ser humano: a Antártica.

Se existe algo que me preocupa é saber que dou trabalho a outros. Detesto a ideia que um ato meu, mesmo involuntário, provoque qualquer confusão.

Meu problema é lidar com essa realidade sem deixar que a angústia prejudique a moral de meus companheiros.

23/1/13
10H DA MANHÃ
Otimismo, afinal

Fizemos progressos. Sem vento a tarefa anda rápido. Ontem, depois do meio-dia, as condições foram perfeitas: calmaria até quase oito da noite. Os mergulhadores avançaram. A barreira de contenção de petróleo já foi instalada em volta do casco. E a barcaça está fundeada ao lado do naufrágio.

Os mergulhadores entraram na casa de máquinas para conhecer seu interior. Antes mostrei algumas fotos, explicando onde ficam os tanques de água e diesel que serão usados no processo de trazer o *Marzão* à tona.

Às sete horas Don Francisco já estava de pé, vestido com roupas especiais para acompanhar a faina.

Hoje eles começam a cavar buracos embaixo do casco. Com engenhosidade, usam mangueiras com potentes jatos d'água e aspiradores. O casco do Mar Sem Fim repousava sobre a areia no fundo do mar. Enquanto um mergulhador despeja jatos d'água para revolver os sedimentos, outro suga o material em suspensão usando o aspirador.

Assim que o buraco estiver pronto, passarão uma faixa por baixo do casco. Ao todo usarão quatro faixas. Uma vez colocadas, atam-se boias às faixas, depois injetam ar comprimido. É dessa forma que o barco voltará à superfície.

Estivemos na sede da Capitania de Fildes, onde ficamos hospedados quando abandonamos o barco em abril de 2012.

O novo comandante colocou seu aparato à nossa disposição. A solidariedade antártica, de que tanto falei nos relatos da época do naufrágio, mostrou-se outra vez provando que o ser humano também pode surpreender.

Nesta mesma praia existem três bases diferentes: duas são do Chile. Uma é da armada, a Capitania Puerto Bahía Fildes, a outra é da aeronáutica, base Presidente Eduardo Frei. A terceira é da Rússia: Bellingshausen.

Quando voltávamos da visita, encontrei novamente meu amigo Ruslan Eliseev (participou de meu resgate um ano atrás), que nos convidou para visitar o interior da estação.

Ficamos uma boa meia hora batendo papo. Os russos também ajudam no que podem.

É fantástico perceber esse espírito que infelizmente só se encontra aqui. As pessoas batalham por sua causa sem esperar nada em troca.

Voltamos para bordo. Don Francisco já tinha retornado do mergulho da manhã.

Sucesso: a primeira faixa está no lugar. Esta tarde, enquanto gravamos imagens em terra, colocarão a segunda.

25/1/13

Ás de Copas

Don Francisco e equipe trouxeram más notícias. O leito do mar onde está o *Marzão* não é formado só por areia como se pensava. Há uma camada de areia com um metro e meio de espessura, depois é pura rocha. Material duro, difícil de trabalhar. Até ontem apenas uma das quatro faixas foi instalada.

Desânimo. Estamos no fim do mês e o progresso é lento. Reunião de novo. Pela enésima vez assistimos o vídeo do Mar Sem Fim naufragado. Analisamos as plantas do barco e fotos, procurando soluções alternativas. Até que o comandante Luiz Felipe, que acompanha tudo de perto, tira da manga o ás de copas. Com muito tato ele sugere a Don Francisco um plano B.

Se não dá para passar as faixas por baixo, que tal pelas vigias? Elas são como janelas de carros: simétricas, colocadas nos dois lados do costado. E não há barreiras internas impedindo que atravessem o interior e saiam pelo outro lado.

Depois é só colocar as boias em cada uma das pontas, inflar e esperar que o casco "desgrude" do leito onde está desde abril. Don Francisco aceitou a sugestão.

Esta manhã além de sua equipe mergulharam dois oficiais de bordo: o Capitão de Corveta Kristoschek e o Capitão Tenente Wellington. O que não falta a bordo do Felinto Perry são experientes mergulhadores e equipamentos especiais.

Os brasileiros levaram uma de nossas câmeras submarinas e gravaram imagens.

Acabei de assistir. A claridade da água é total, parece piscina. O cenário, desolador. O barco está coberto de musgo. Onde era branco agora é verde escuro com tendência ao marrom.

A estrutura do casco e convés parece em bom estado, mas detalhes como guarda-mancebos, janelas e portas sofreram. Alguns se partiram, outros entortaram.

A compressão do gelo anabolizado por um vendaval com mais de cem quilômetros deixou cicatrizes.

Antes do almoço fomos até a base chinesa Great Wall, não muito distante, gravar cenas do entorno e interior.

Quero revisitar todos os cantos em que estivemos quando o Mar Sem Fim afundou.

Mais uma vez somos recebidos com deferência. Mas os "chinos", como dizem os chilenos, mal falam inglês. Sorriem o tempo todo, servem chá, café e sucos.

A comunicação corre por conta do "antártico", idioma que, como definiu Eduardo Rubilar, "alguns dizem ser o inglês, mas nós preferimos chamar de 'antártico' porque tem mais de coração e vontade que gramática e verbo".

26/1/13

Deu certo!!!

Esta manhã o "plano B" deu certo. Todas as faixas já estão instaladas pelas vigias. O dia amanheceu lindo: sol, céu azul e sem vento. Prenúncio de que as coisas iriam correr bem. Antes das dez da manhã já estávamos na barcaça.

A faixa da proa, que atravessa a cabine dos marinheiros, foi fácil de colocar. Quando tentaram entrar em minha cabine para abrirem as vigias centrais foi difícil. A porta estava emperrada. Deu trabalho.

À medida que entravam nas dependências internas, vários objetos vieram à tona. Um pé de tênis, tubos plásticos de detergentes, desses usados na cozinha, pedaços de isopor e outros.

Como a barreira de contenção está instalada, nenhum deles saiu para mar aberto. Ficaram retidos e foram recolhidos ao final.

27/1/13

Bofetada na cara

A noite de ontem foi linda. Um fechamento à altura do belo dia que tivemos.

Lua cheia nascendo de um lado, imensa, com uma tonalidade que nunca tinha visto, enquanto, do outro, o sol se punha.

Caramba, de novo, para onde olhar? Os tons predominates eram o vermelho e o amarelo, passando pelo laranja. Que cores! É de perder o fôlego. Os dois lados deram show. Diferentes, misteriosos, eles brincavam de disputar nossa atenção.

A Antártica é múltipla. Assusta, impõe barreiras e é hostil. Cobra um preço alto de quem a desafia. Mas também pode ser o lugar mais espetacular da Terra. Seu espectro de cores não tem rival. E os contornos dramáticos, exagerados em perfeição, nos transformam em espectadores apalermados sem saber escolher as palavras para descrever a paisagem. Nada se compara a ela.

Plínio, enlouquecido pelo cenário, olhava o horizonte e gritava: "obrigado, meu Deus!" "Obrigado, meu Deus!".

Hoje a coisa mudou. O dia amanheceu de mau humor, com cara de bravo. Cinza. Vento forte. Sensação de navalha na carne ao sair.

Assim é a Antártica...

São treze horas. O imenso Felinto Perry treme ao bater de encontro com as ondas. O vento zune na escotilha de minha cabine. Esta é outra característica daqui: as forças em jogo são monumentais. Amedrontam.

O porto está fechado. A Capitania Puerto de Bahía Fildes o fecha, como se fosse aeroporto, proibindo qualquer atividade náutica sempre que o vento supera os 30 nós.

29/1/13

Outra vez tempo ruim

Ontem não tivemos tempo suficiente para levantar o Mar Sem Fim. Mas a equipe deixou tudo pronto para hoje.

Dá um trabalhão instalar as enormes boias nas laterais e popa do barco. Se elas não estiverem perfeitamente ajustadas, não funcionam ou sua eficácia é menor.

Don Francisco preferiu colocar cuidadosamente quatro das cinco boias, que serão usadas. Cada uma tem capacidade de levantar dez toneladas. Hoje pela manhã fixarão a última.

À tarde, depois do almoço, vamos para a primeira e, espero, única tentativa de subir o barco. É bom que seja assim porque, entre outros problemas, está prevista a chegada de outra frente esta noite.

O dia de ontem serviu para os mergulhadores da Marinha do Brasil acharem um caminho seguro para que o *Marzão* seja empurrado por botes até a praia. A rota foi demarcada com boias.

Enquanto eles se ocupavam desta faina, nossa equipe desceu em terra. Eu tinha marcado uma entrevista com cientistas espanhóis que frequentam a Antártica há treze anos pesquisando os efeitos do aquecimento global sobre as geleiras.

A forma de trabalho é original: o principal parâmetro que medem é a descarga líquida dos glaciares, em outras palavras, a quantidade de gelo que se funde em razão do aquecimento, tornando-se água e escorrendo para o mar.

Os resultados não são animadores. O estudo mostra que na Antártica a quantidade da descarga dobrou nos últimos treze anos.

O professor Antônio Rocha Campos, da USP, ex-presidente do Comitê Científico sobre Pesquisa Antártica (SCAR, na sigla em inglês) corrobora a informação. Entrevistado em São Paulo, antes da viagem, ele nos contou que os ingleses monitoram o clima nos últimos cinquenta anos na Antártica Ocidental. Conclusão deste estudo: aumento de 3,5 °C na temperatura (da Antártica Ocidental), o que, nas palavras do cientista brasileiro, "é uma enormidade".

12h40

Voltei do almoço preocupado. A frente desta noite vem com 60 nós de vento.

Pergunto-me em que fase da operação estaremos quando despencar este exagero. O tempo fechou. Começou a ventar mais forte, surgiram ondas. A operação foi adiada.

30/1/13

A frente até que não foi tão forte. No auge ventou 50, 55 nós. Nada de mais para estas plagas. Só suficiente para adiarmos a operação mais importante: trazer o Mar Sem Fim para a superfície.

Esta manhã às sete horas estávamos de pé. A primeira coisa que fiz foi abrir a porta do convés e sentir o vento. Diminuindo, mas ainda forte para começarmos. Depois cama de novo, esperando a melhora do tempo.

Don Francisco, que estava em reunião, acabara de voltar com novidades.

Vamos almoçar às onze horas. Depois seguimos para a barcaça e só voltamos quando o Mar Sem Fim encalhar na praia.

Oba! Hoje vai.

Dei os parabéns a Don Francisco que fez 80 anos e desejei que o presente fosse o *Marzão* na praia no fim do dia.

31/1/13

Ontem tivemos problemas apesar das oito horas e meia de trabalho contínuo.

A faixa da popa foi passada de forma errada e não aguentou o primeiro esforço. Teve que ser recolocada. Pior: uma das boias da lateral estourou. Teve que ser retirada da água, consertada no convés da balsa e reinstalada.

Cada boia leva meia hora para encher. São cinco. Duas horas e meia só para saber se serão suficientes ou se será preciso injetar ar comprimido nos tanques de água, ou no compartimento estanque da proa... Com tristeza e desapontamento, voltamos para o Felinto Perry.

"Fué un dia negro, Joao", sem til mesmo. É assim que Don Francisco me chama: Jô-áo.

Não houve comemoração para seu aniversário.

Logo depois do jantar o Comandante analisou o trabalho. Para agilizar, ficou decidido que oficiais da Marinha do Brasil também iriam mergulhar. O trabalho começará tão logo tenhamos luz. Há mais uma frente chegando esta noite. Não há tempo a perder.

Às cinco e meia da manhã a primeira equipe acordou e foi à luta. Seguimos logo mais para registrar seja o que for. Torço furiosamente para que seja o *Marzão* levantando.

Enquanto preparo este texto, meu relógio marca oito e cinquenta. Vou descansar um pouco. Ao chegar na balsa atualizo as novidades.

11H40

A última boia acaba de ser enchida. O *Marzão* está subindo!!!!!!!!

Ele vem vindo... A chaminé está saindo da água. Conseguimos!!!!!!!

15H04

De volta ao Felinto Perry

Acabamos de chegar. A faina para encalhar o Mar Sem Fim foi até às duas e meia da tarde.

Em uma hora ele navegou, puxado e empurrado por outros barcos, do ponto que estava até encalhar um pouco aquém da praia.

O importante é que não houve dano ambiental. Não teve vazamento de óleo. Filmamos e fotografamos. Gozado: o *Marzão* encalhou na praia e a frente fria, que estava prevista, despencou em seguida. Até então havia calmaria. Será ajuda divina?

Primeiro, o vento começou a aumentar. Depois uma forte nevasca despencou. Em seguida vendaval e ondas.

Ondas... Esse é o maior perigo que o barco enfrenta nesse momento. Muito pesado, cheio de água, com a quilha e o casco encostados em pedras, o Mar Sem Fim, se for sacudido pela tempestade, pode sofrer sérios danos estruturais. E até partir ao meio.

Se passar por essa amanhã mesmo, ou assim que a frente for embora, ele começa a ser reparado para atravessar o Drake.

Só quando o barco voltar para a América do Sul, o epílogo, que começa agora, terá terminado. Não vejo a hora de fechar essa história.

17H08

Acabo de voltar de nova reunião convocada pelo Comandante Luiz Felipe. Participaram Plínio, Don Francisco, um dos oficiais de bordo e uma representante do Ibama, Fernanda, que embarcou poucos dias atrás.

O Comandante tomou a palavra para explicar que a Marinha do Brasil está aqui apenas para colaborar, não sendo responsável por qualquer dano ecológico que venha a acontecer. Não é preciso reforçar que qualquer problema causado pelo acidente é de minha responsabilidade...

A estranha reunião prosseguiu: a funcionária do Ibama explicou "que houve vazamento de óleo, uma parte chegou à praia, do lado de Fildes, mas não do lado russo".

Fiz cara de ponto de interrogação.

Fernanda completou dizendo que será preciso agir para minimizar o impacto. Plínio, ao meu lado, irritado se prontificou a "lavar as pedras" se fosse o caso...

De volta à cabine traduzi o ocorrido para meu companheiro de quarto. Don Francisco não entendeu. Ele, assim como eu, não viu qualquer vazamento.

17H56 – HORA LOCAL

O vento, que chegara aos 30 nós, baixou para 20.

Fiquei aliviado. Mas tudo pode mudar. Tanto pode vir um vendaval como calmaria.

Esta vai ser uma longa noite de vigília para mim.

1/2/13

18H04 – HORA LOCAL

Ontem a coisa foi feia. Ventos fortíssimos, nevasca intensa e ondas. Passamos a noite ao largo. Finalmente descemos em terra (há dez minutos). O *Marzão* mais uma vez aguentou e não mostra sinais de danos.

Acabei de dar uma olhada na praia. Havia algum lixo proveniente do barco: garrafas plásticas de água, sacos de lixo, pedaços de cabo. Para a dimensão do acidente me pareceu muito pouco. Eu mesmo recolhi tudo em dois montes separados.

2/2/13

Hoje conversei com o Comandante de Fildes, Marcelo Villegas. Ele está feliz porque não houve impacto ambiental até o momento.

A funcionária do Ibama fez vistoria na praia e finalmente chegou à mesma conclusão. Pareceu triste. Ela estava pronta para puxar o bloquinho de multas...

Estamos com sorte.

5/2/13

Momento doloroso

"O navio está morto."

Foi assim que os marinheiros brasileiros se referiram ao Mar Sem Fim quando pude entrar em seu interior dias atrás. O barco tinha acabado de ser arrastado praia acima. Estava na posição ideal para os reparos.

Nos aproximamos: brasileiros, russos, chilenos, e subimos ao convés.

Silêncio. De repente, consternação. O momento teve solenidade espontânea.

O sofrimento era de todos. Foi lindo o respeito demonstrado. Por uma ou duas horas, tempo em que fiquei sob o convés ou interior, o único som era do vento.

Cabeças baixas, olhares perdidos em direção ao horizonte. Os marinheiros prestavam respeitosa homenagem ao *Marzão*. Silêncio total. Mais triste que muitos velórios que já assisti.

O fim de um barco é um momento horrível. É como um amigo que se vai. Sem a alma que lhe deu personalidade, torna-se um monte de metal. Uma coisa sem vida. É muito triste.

Plínio não quis entrar. Desolado preferiu preservar as lembranças. Mas conseguiu salvar um quadro com a poesia de Fernando Pessoa que estava na parede da sala. Quando saí do barco, me entregou com tanto cuidado que parecia a bandeira americana dada às viúvas de soldados mortos.

Depois de certo tempo, um dos amigos que fizemos, Coelho, tripulante do Felinto Perry, se aproximou. Com o máximo respeito, em voz baixa e pausada perguntou: “seu João, não quero ser impertinente neste momento, mas o senhor permite que eu guarde uma recordação?”

“À vontade”, consenti.

“Vou levar a boia com o nome do Mar Sem Fim.”

4/2/13

Ele está flutuando de novo. Toda a água já foi retirada de seu interior. Estamos nas páginas finais da história.

Liguei para Punta Arenas avisando ao engenheiro naval, Aníbal Toro, sobre a situação. Amanhã ou depois ele vai chegar para avaliar as condições. Também falei com a companhia de rebocadores: “estamos listos”, como dizem os chilenos, “mandem o barco”.

Dependendo do clima, o trajeto pode ser feito em cinco ou seis dias, período suficiente para vedarmos todas as janelas e deixá-lo em condições para a derradeira viagem.

Esta manhã, com ajuda do caminhão-guindaste dos chineses de Great Wall, tiramos o contêiner de Don Francisco da balsa e o colocamos na praia.

A qualquer momento deve chegar o navio de abastecimento dos russos. Eles vão usar a balsa para desembarcar os mantimentos.

MANHÃ DE 5/2/13

Dentro de dois dias completa um mês que embarcamos. Cansa. E a carga emocional beira o insuportável.

Nos próximos dias o Felinto Perry volta à Punta Arenas para reabastecimento.

Nós e Don Francisco ficaremos na Capitania dos Portos até a chegada do rebocador.

A história ainda não acabou.

6/2/13, QUARTA-FEIRA

CARNAVAL NO GELO

Pela manhã entrei mais uma vez no Mar Sem Fim, a essa altura quase totalmente seco por dentro. Eu precisava informar a equipe de Don Francisco sobre lugares de acesso aos porões, de modo que eles pudessem continuar a esgotar a pouca água que ainda havia em seu interior. Cenário triste, cheiro fétido de lama apodrecida. Foi tétrico.

Enchi-me de coragem. Para presentear os trabalhadores que tanto sofreram mergulhando em condições extremas, abri a adega de bordo cheia com várias garrafas de vinho e as dei de presente.

Mais tarde, na praia, almocei dentro do contêiner da Nautilus junto com os mergulhadores, Plínio e outros tripulantes do Felinto Perry que também haviam descido.

Apareceu uma garrafa de vodca, presente de Ruslan. Aliviados pela proximidade do fim, tomamos todas: as de vinho e a de vodca.

De noite o Comandante Luiz Felipe faz um jantar para homenagear os chilenos. Veio um grupo da Capitania Bahía Fildes, o comandante Villegas à frente, quatro oficiais de sua equipe e Aleixo Contreras, gerente da companhia DAP. Fazia dias que ele pedia para conhecer o Felinto Perry.

Jantar de gala com "menu" especial e bebida farta.

Não sei se foi uma boa ideia. Já tínhamos bebido no almoço... Houve exageros.

Eu, muito emocionado, quase não conseguia conversar. Soluçava nos ombros de um e outro oficial, agradecendo o apoio que nos foi dado pela Marinha do Brasil através da maravilhosa tripulação do Felinto Perry. Chorei até ficar com os olhos inchados.

Plínio também "espaireceu", mas sem consequências. Desagradável e sem propósito foi Alejo, espécie de Rasputin patagônico que, às tantas, entorpecido pela bebida, pegou um antigo capacete de mergulho que enfeitava a sala e, à guisa de bola de boliche, o arremessou contra o teto da sala de refeições.

Pegou mal. Felizmente os oficiais da Marinha do Brasil de uma dignidade exemplar, para evitar um incidente maior, embora contrariados e com toda a razão, toleraram a falta de classe.

O Comandante Marcelo Villegas não sabia o que fazer para se desculpar.

Alejo passou da conta.

8/2, SEXTA-FEIRA

Acordamos e fizemos as malas. Depois de um mês o Felinto Perry tem que voltar para reabastecer em Punta Arenas. Horas mais tarde subiu a bordo o engenheiro naval que tinha chegado na véspera. Anibal Toro propôs uma conversa comigo e Don Francisco. Com olhar grave, tipo agente secreto, nos chamou num canto e, em voz baixa, sugeriu afundar o Mar Sem Fim. Quase caí de costas. Como é possível vir de Punta Arenas cobrando uma fortuna para fazer um laudo e, antes de ver o barco, sugerir afundá-lo?!

O tipo me fez lembrar uma expressão que Nelson Rodrigues usava em seus artigos do *Jornal da Tarde*: "Baixinho e cabeçudo tal qual um anão de Velazques".

Apesar do nome, assim é Anibal Toro: nanico e com enorme cabeça.

Olhei fundo nos olhos dele e perguntei: "O que o senhor acha que devo dizer à Marinha do Brasil, que colocou este navio e tripulação para ajudar no trabalho de remoção?"

O homem ficou mudo.

Continuei: "E à comunidade científica, explico que o senhor fez essa proposta?"

Novo silêncio... Cabeça baixa, Anibal saiu de lado. Para quebrar o gelo tivemos um almoço de despedida. Salmão com molho de camarões e purê de batatas. Uma deliciosa goiabada de sobremesa. O Comandante Luiz Felipe faz um pequeno discurso e relembra o trabalho. Comemoramos o excelente resultado. O grande receio, poluição ambiental, não aconteceu.

Em seguida desembarcamos e viemos para a mesma Capitania Puerto Bahía Fildes onde ficamos depois dos dramáticos dias em que lutamos para evitar um acidente em abril do ano passado.

10/2/13

"Réveillon" em fevereiro

Ontem tivemos mais uma bela surpresa. No Brasil começava o carnaval, mas aqui era o dia do Ano Novo Chinês. Eles completavam 4.711 anos de acordo com o seu calendário. Toda comunidade de Rei George foi convidada. Passamos a tarde em Great Wall festejando com nossos amigos chineses, russos, chilenos, argentinos, uruguaios, búlgaros, alemães. A babel antártica em peso compareceu.

Bárbaro. Emocionante.

Os chineses em roupas típicas desfilavam por um enorme salão com estandartes em forma de um dragão que dançava no ar. Maravilhoso.

Tambores típicos davam o ritmo. Bebida e comida à vontade. Nós nos empanturramos de vinho de arroz.

12/2/13

Burocracia, tédio e frio

De importante nesses últimos dias foi a descoberta de como o barco afundou.

Havia algumas possibilidades: a destruição parcial do casco era uma, depois do Mar Sem Fim ficar aprisionado no gelo por vários dias enquanto o vento atingia até 150 km/h.

Nunca acreditei nessa possibilidade. Ela acabou descartada quando os mergulhadores de Don Francisco filmaram o naufrágio. As imagens mostram o casco intacto.

Eu sabia que o barco fora muito bem construído. Sólido, poderia aguentar, como de fato aguentou aquela pressão.

O mais provável é que a água entrara pelos canos de escapamento. Parte da tubulação é de material plástico. Com o congelamento, a água no interior dessa porção se expande, arrebenta os tubos e provoca a inundação. Era essa a minha tese.

Ao secarmos o interior descobrimos que a tubulação dos escapamentos estava em perfeito estado. Em compensação o encanamento de dois dos três banheiros havia estourado. Foi esse o caminho da água.

Bastou tapar os furos de saída para ela parar de entrar. Desde então o Mar Sem Fim flutua normalmente sempre que a maré sobe. Sua posição é normal sem pender para qualquer dos lados.

Ele está pronto para o reboque. As janelas frontais foram vedadas com placas de ferro. As vigias do casco estão intactas, assim como sua proteção feita de placas de aço inoxidável conhecidas como "portas de combate", fechadas e travadas, impedindo inundação mesmo que o vidro das vigias se quebre.

Infelizmente a vinda do rebocador é a única coisa que está "encalhada" em Punta Arenas.

Ligo para a companhia responsável e descubro que falta o "ok" da autoridade marítima de Punta Arenas.

Quando isso vai acontecer?

Depois que o plano de reboque for aprovado.

Vai demorar?

Não se sabe. O responsável está fora da cidade...

Depois de tudo que passamos nesses 35 dias de peleja, vamos ter que engolir mais esse sapo?!

Falei com o Comandante Villegas. Pedi sua intervenção. Ele prometeu ligar para agilizar. Estamos na mão de funcionários públicos...

Agora há pouco entrou na sala um dos oficiais de Fildes: "Jô-áo, o comandante te chama". Voei ao seu encontro.

"Falei com eles", disse Marcelo, "estão analisando o plano."

"E...?", perguntei.

"Não sei. Está nas mãos deles. É tudo que posso fazer".

Quero minha casa! Meus filhos ao lado. Um banheiro só para mim – aqui divido um com doze pessoas... Preciso virar essa página. Mas... paciência.

14/2/13

Ele está a caminho!

Acabo de saber que o rebocador está a trinta horas de distância.

Se as condições de mar continuarem boas na madrugada de sábado, ele estará aqui. Era tudo que eu queria ouvir. Já posso sonhar com a volta.

Nosso gás está no fim. Hoje faz cinco semanas que desembarcamos em Punta Arenas.

Desde 8 de fevereiro estamos na Capitania de Fildes. Apesar do empenho dos chilenos em receber bem, e eles fazem o possível, esta não é a nossa casa.

Quando desembarcamos, éramos doze pessoas. Quatro de minha equipe, oito da equipe de Don Francisco. Ficamos num quarto dos fundos, três câmaras pequenas, interligadas.

Na primeira, com dois beliches, dormimos eu, Plínio, Alessandro e Maurício, um dos mergulhadores.

Na segunda, espécie de corredor, um beliche. A parte de baixo é de Don Francisco. Acima dormia o engenheiro naval que veio de Punta Arenas.

Ele já fez seu trabalho. Felizmente. Quando desembarcamos na Capitania, ele tornou a insistir no absurdo afundamento.

Fui duro: "Anibal, está fora de questão!" "Eu não aceito, muito menos a Marinha do Brasil." "Por favor faça seu trabalho. É para isso que o senhor está aqui", encerrei.

Assustado, ele deu alguns palpites nas reformas, assegurou que o barco teria capacidade de atravessar o Drake rebocado e se foi. Pegou carona num avião e voltou para casa. Um a menos para atrapalhar...

Na última câmara, em três beliches dormem os outros seis homens da Nautilus.

E todos dividimos um pequeno banheiro.

É muita gente num espaço mínimo. Não há qualquer privacidade. Um ou dois dias assim tudo bem. Mais que isso...

De noite acontece uma sinfonia: um ronca agudo. Outro, ao contrário, lembra o trombone-baixo: imita mugido de elefante marinho.

Um terceiro sonha e fala pelos cotovelos: frases desconexas. Grita chamando alguém. E grunhe. Difícil descrever o destampatório.

Pior é o meu caso. Desde a última viagem para a Antártica, passei a desenvolver uma alergia na pele cujo nome nunca consigo lembrar.

Minha pele não produz mais gordura. O resultado é uma secura anormal. A pele racha. Parece solo da caatinga. E coça. Desgraçadamente como coça! O comichão miserável não para. Dá no corpo todo e não poupa espaço. É uma tortura.

Uso uma fórmula de hidratante que mando fazer em farmácia de manipulação. Completo engolindo antialérgicos várias vezes por dia. Só sossego assim.

Se você apostou que meu estoque acabou, está certo. E já faz tempo.

Ando quase doido. De noite a coceira é tamanha que não tenho dó: meto a mão com toda força, arreganho os dedos e faço arado das unhas. E coço. Sulco a pele com tanto esforço que o beliche todo balança. Faz barulho, range, acorda o cara debaixo.

Mesmo assim continuo arranhando desesperado. É insuportável.

16/2/13

Despedida

Ontem de manhã saí da cama cedo. E correndo. Há dias não faço isso. Preferia dormir depois que a turma se levanta para o café encerrando a sinfonia lúgubre-macabra a que me referi anteriormente. Além disso, faz tempo que o único "trabalho" é esperar. Não adianta levantar cedo. Para fazer o quê? Ontem foi diferente.

“O rebocador Otway está chegando”, alguém gritou.

Saltei do beliche. Em tempo recorde vesti as quatro camadas de roupas. Calcei as botas, peguei as luvas e o gorro e saí correndo. O cinegrafista Alex ao meu lado. Eu queria narrar “em tempo real” no documentário a entrada do barco na baía.

Eram nove e dezesseis da manhã, quando a silhueta do rebocador surgiu no horizonte. Emoção! Faltam três ou quatro páginas para o ponto final. Não consigo lembrar o tempo pela manhã. Se havia neblina ou neve, não posso afirmar. O que sei é que o casco azul do Otway estava na minha mira.

É preciso que continue tudo certinho até o barco chegar em Punta Arenas. Não dá pra bobear. O sucesso é irmão do fracasso.

17/2/13

Hoje, sábado, o dia começou bem. Eu e Alex fomos a bordo registrar “a entrega” do casco. Don Francisco e seus homens mostraram à equipe do rebocador as obras feitas: janelas frontais, gaiútas (espécie de tampa) da proa, saídas dos motores e banheiros: tudo selado. Completamente vedado para a travessia. Só havia uma porta ainda aberta para que o capitão do rebocador pudesse verificar o interior, sem luz ou vida, do que foi o Mar Sem Fim. Inspeção aprovada. Desembarcamos pela última vez.

20H46

Acabo de voltar da praia. Comovido, arrasado, mas aliviado. O barco foi entregue.

Primeiro dois botes tiraram a barreira de contenção que envolvia o *Marzão*.

Ela acabou não sendo usada. Meu amigo se foi sem derramar uma lágrima sequer de petróleo. Frio de gelar. Mas a cena era "quente". Ao invés de frio, senti calor. Frio, só na espinha, daqueles de arrepiar. Em seguida os botes voltaram até onde estava meu barco para empurrá-lo e puxá-lo até o rebocador que esperava ao largo. A baía é rasa, ele não pode se aproximar.

Os calafrios aumentaram. Nó na garganta. Lágrimas brotaram.

Quando o Mar Sem Fim ganhou segmento e começou a navegar o rebocador, como numa homenagem, acendeu seus faróis e tocou a buzina. Era fim de tarde, escurecia. Estremeci.

Dei meu último adeus. Em voz alta, olhando a popa do barco pedi desculpas. Eu devia isso a ele. Expliquei que fiz o melhor que podia. E me apoiei na força de Fernando Pessoa de onde vem seu lindo nome: *Marzão*, meu querido, "ao imenso e possível oceano/ensinam estas Quinas que aqui vês/que o mar com fim será grego ou romano/o mar sem fim é português"

Depois da entrega perguntei ao Alejo Contreras quando seriam os próximos voos da DAP. *Mañana*.

Não me contive. Reservei três lugares. Nosso trabalho terminou. Não há mais nada que possamos fazer.

18/2/13

Às 12h45

Aguardo apenas o tempo melhorar para embarcar para Punta Arenas. *Bye*, *bye*, Rei George.

Às cinco da tarde Ruslan Eliseev estacionou um Lada, enfeitado com bandeirinhas da Rússia no capô, em frente à sede da Capitania onde eu,

Plínio e Alex aguardávamos para ir ao aeroporto. Ele fez questão de me levar em seu carro.

Meus companheiros seguiram atrás, numa perua dos chilenos. Cinco minutos depois estávamos na pista. Frio de rachar. Muito vento. Céu nublado.

Bastou descermos do carro e a Antártica sorriu. As nuvens, movimentadas pelo vento, abriram uma pequena brecha por onde raios do sol eram filtrados. O cenário mudou. Pedaços do mar do Drake se iluminaram. Tons de amarelo, vermelho e branco, dos raios de sol misturaram-se ao verde do mar. Ficamos atônitos. Foi muito rápido e bonito.

O Comandante Marcelo fez questão de nos encontrar para o último abraço. Mais que um cumprimento, ao se despedir ele arrancou da farda vários distintivos e nos deu de presente. Um para cada um. O meu era uma pequena bandeira do Chile, bordada e colada na farda com velcro, pouco abaixo do ombro esquerdo.

Os do Plínio e Alex eram da campanha antártica deste ano. Antes de subir os primeiros degraus da escada que me levaria ao avião, Marcelo me abraça, tira seu boné e o coloca na minha cabeça: "Adios amigo", falou baixinho no meu ouvido.

Duas horas depois pousamos em Punta Arenas. Escolhi o melhor hotel da cidade, Dreams, à beira-mar, um cinco estrelas fantástico. Corremos para o restaurante a tempo para um lauto banquete. Delicioso. Cama em seguida.

19/2/13

O dia inteiro dormindo. Saíamos do quarto para o café da manhã, almoço e jantar. E sono em seguida. Exaustão total!

20/2/13

Punta Arenas – Viña del Mar – Santiago – São Paulo

De madrugada, aeroporto de Punta Arenas. Destino, Santiago. Chegamos às nove horas da manhã. Aluguei um carro e tocamos para Viña del Mar distante cem quilômetros. Eu não podia deixar de entrevistar nosso grande amigo, chefe de Fildes quando houve o naufrágio, o "imprescindível" Eduardo Rubilar Mancilla.

O depoimento dele é fundamental para os documentários. Desde que voltou da Antártica, Rubillar mora nessa simpática cidade, numa vila militar localizada no topo de uma colina com vista para o mar.

E mais uma surpresa de arrepiar. Eduardo vestiu a farda para a entrevista. Recapitulou os dias trágicos em que o Mar Sem Fim lutou por sobrevivência.

Ao final virou-se para mim e disse: João, guardo um "regalo" para você desde que estive vistoriando os destroços antes de afundar. Enfiou a mão por dentro do paletó, sacou do bolso a pequena bandeira do Chile que estava no mastro do Mar Sem Fim e entregou-a, ainda suja, rasgada e com cheiro de mar.

Não desabei por pouco. Plínio, emotivo, não conseguiu... Eduardo guardara aquela bandeira por nove meses para que eu a pudesse levar como recordação.

Almoçamos e nos despedimos. De lá para o aeroporto de Santiago. Em seguida, São Paulo.

Descanso rodeado por meus filhos. Irmãos e amigos por perto. E o velho e bom Baunser, meu labrador maluquinho que não desgruda de mim.

Sinto saudades dos momentos na Antártica. Tenho surtos de emoção constantes. Quando lembro o que passamos ao lado das pessoas que nos ajudaram, os olhos marejam. Impossível segurar. Foi emocionante demais e vai me assombrar ainda por muito tempo.

É hora do ponto final. Aliviado, viro mais esta página.

Final: Conclusões

O naufrágio do Mar Sem Fim foi o evento mais forte de minha vida. Duvido ter outro igual.

Roteiro de filme. Locação, de arrepiar. Argumento original. Drama e emoção à beça. Uma história fantástica!

O caso teve repercussão nacional e internacional. "Deu no Fantástico", saiu em revistas, jornais e TVs mundo afora.

A Antártica é regida pelas normas do Protocolo de Madri, de 1975, do qual o Brasil é signatário.

Tudo que acontece nas temporadas (verões) é analisado e discutido nas reuniões anuais. Especialmente os acidentes que têm potencial de poluição como o meu.

O continente considerado um laboratório a céu aberto foi consagrado à pesquisa e ciência.

O naufrágio do Mar Sem Fim, e o da balsa da Marinha do Brasil quando ela levava combustível para a Base Ferraz pouco antes do incêndio, além do próprio incêndio de Comandante Ferraz, foram alguns dos temas discutidos no plenário da reunião de 2012.

Quiprocó internacional.

No Brasil quem assume as consequências pelos acidentes na Antártica é a força naval: Marinha do Brasil na enrascada. Os três tripulantes e cinco passageiros que estavam na viagem também eram minha responsabilidade.

Fora o susto na família.

Encrenca grande. Envolveu muita gente. Teve lances dramáticos.

Uma história de muitas nuances, rica, diferente, emocionante do começo ao fim.

Mas também pode ser vista como mais que uma boa história: seu viés de lição, redundando em aprendizado, é impressionante.

Desde sempre decidi escrever. Perenizar: se outros aprenderem evitando os mesmos erros, estará de bom tamanho. Era minha obrigação.

Mas antes eu teria que tirar o barco de lá, questão de honra, e fazendo o possível para evitar dano ambiental.

Com apoio incondicional da Marinha do Brasil; ajuda da Armada do Chile; do pessoal das bases russa e chinesa e do profissionalismo de don Francisco e sua Nautilus, a história teve final feliz. Era hora de pôr no papel a minha versão.

Irresponsabilidade, ousadia, fatalidade?

Culpado ou inocente?

Quando as pessoas comentam meu acidente, duas perguntas são as mais frequente. A primeira: Antártica por quê?

No centro do Polo Sul geográfico, a Antártica, responsável pelo clima na Terra e grande parte da cadeia de vida marinha nos oceanos, merece ser mais conhecida pelos brasileiros.

"Porque ela esta lá, e por sua importância, decidi conhecê-la e documentá-la."

A segunda é se o Mar Sem Fim tinha condições de ir para a Antártica. As pessoas estão acostumadas com veleiros naquela região, trawlers são incomuns. Especialmente um de 20 metros. Estou convencido de que sim. O *Marzão* provou suas qualidades ao navegar em segurança atravessando o Drake com mar de través e ondas de 4 a 4,5 metros. Ao voltar à tona, depois de nove meses, seu casco estava em perfeito estado. Não foi perfurado pela força do gelo empurrado por um furação de até 85 nós de vento (150 km/h).

O problema não se resume de modo simplista. É bom lembrar acidentes com aviões. Nunca descobrem apenas uma causa. Normalmente as investigações apontam uma série de motivos e circunstâncias que levam ao desastre. Com barcos é a mesma coisa. E foi este o caso. Houve, sim, erro humano. O primeiro, quando contratei um *skipper* sem experiência na região. Sua estreia na Antártica foi comigo durante a primeira viagem do Mar Sem Fim (2010-2011). Na Antártica é preciso mais que um bom *skipper.*

O segundo erro aconteceu quando Pedrão decidiu trocar uma das buchas antes do início da viagem.

Se uma delas apresentava desgaste, era de supor que a bucha do outro eixo, colocada na mesma época, também deveria ser substituída. Não foi o que aconteceu. Não é preciso dizer que a bucha que deu problema foi justamente aquela não trocada.

Analisando agora, a eventualidade da quebra do leme feito em Ushuaia poderia ser prevista. Desde que comprei o Mar Sem Fim, aprendi alguns dos macetes da construção em alumínio. Um deles é a solda. Ela tem que ser perfeita, obra de artesão e exige ferramentas especiais. Eu sabia. Mas não me ocorreu fazer mais testes que os vários cruzeiros pelos canais da Patagônia, todos sem problemas, ou acompanhar a soldagem em um leme que teria sua prova de fogo no Drake. O resultado eu vi quando mergulhei: o leme se soltou na altura da solda com o flange.

Terceiro erro: a época.

A Antártica só pode ser visitada por barcos pequenos no verão quando o gelo que cerca o continente no inverno se desfaz. E quanto mais cedo melhor. Menos risco. As condições climáticas mudam muito. No verão mais amenas; no inverno, muito duras. Normalmente as temporadas começam em algum momento de novembro e terminam no final de março.

Nosso plano era fazer a viagem em março, com previsão de voltar antes do fim do mês. Não contei com qualquer tipo de atraso. Deveria. Faz parte do planejamento.

Quando descobri a falta do leme e da bucha, percebi que dificilmente o barco sairia de lá. O conserto provocaria atraso, empurraria a volta para abril quando o clima já não é o mesmo.

Quarto, as circunstâncias. A soma delas resultou na formação do cenário para o naufrágio.

Rubens Junqueira Villela, primeiro brasileiro a ir para a Antártica, veterano e notável professor de meteorologia da USP, explicou: o jato frio inercial potencializa as condições climáticas. O vento que já é forte aumenta, e muda de direção. Normalmente soprando do Pacífico para o Atlântico, sentido Oeste-Leste, passa a vir do lado oposto: do Atlântico para o Pacífico, ou seja, de Leste para Oeste. O gelo se solta do Mar de Weddel e entope as águas adjacentes. E o frio atinge recordes.

Como disse Villela, "as três mais hostis forças antárticas conjugadas o abateram."

Mas o acidente deixou um saldo positivo.

Descobri aspectos humanos inimagináveis. Em situações críticas o caráter das pessoas fica nu. Às vezes decepciona, em outras, surpreende. Tivemos dezenas de exemplos na viagem do naufrágio e na outra em que se resgatou o Mar Sem Fim. Felizmente na maior parte, encantado, vi o ser humano exercendo a nobreza. Coisa linda! Exemplo para não esquecer.

É preciso um parêntesis antes de prosseguir. Quando contei nosso encontro com o comandante Pinto Homem a bordo do navio Almirante Maximiano, fiz questão de não usar nenhum adjetivo. Relatei fielmente o que se passou e o diálogo que mantive com ele.

Não se pode julgar a Marinha do Brasil pela ação isolada de um de seus homens. A Marinha do Brasil, como corporação, agiu de forma generosa, profissional e competente. Não fosse isso, o *Marzão* ainda estaria debaixo d'água.

O que posso dizer da atitude do Comandante Pinto Homem é que ele feriu uma regra não escrita que existe desde que o primeiro ser humano utilizou um barco: se alguém enfrenta dificuldades, como a nossa, não se pergunta os motivos. Ajuda-se. Não foi o que se passou. O pessoal do Max usinou nossa bucha, mas o Comandante não permitiu que seguíssemos ao seu lado. E se fosse diferente? Não posso afirmar, categoricamente, que o final seria outro. Quem sabe? A situação estava muito feia. Sob severa pressão as pessoas mudam, muitas vezes sem querer. No segundo contato, via rádio em 5 de abril, quando pedi escolta na travessia de volta, pessoalmente Pinto Homem negou, mas disse que "iria pedir instrução a seus superiores", lembrou que "ao diminuir a marcha para nos acompanhar colocaria seu navio e tripulação em risco", avaliação discutível para um navio daquele porte, mas plausível. O que mais me incomodou foi a conclusão da conversa, extremamente deselegante para um homem do mar: "quero que o senhor saiba que só vou ajudá-lo se for obrigado. E se isto acontecer farei a contragosto".

De qualquer modo não houve tempo. Dois dias depois o Mar Sem Fim naufragou.

Tirando este aspecto e o abandono do *skipper*, o resto foi uma lição de empenho, solidariedade e desprendimento.

A reação dos meus tripulantes foi extraordinária: Plínio, Manoel e Alonso deram show!

Também fiquei surpreso pelo modo como reagi. Desculpe, depois do acidente a soberba foi para o saco e não sai mais de lá.

É que nunca acreditei que teria o sangue frio para atravessar o calvário sem perder o controle. Fiquei orgulhoso.

Olhando por outro ângulo, também fico feliz. Tenho certeza de quefizemos o que era possível para evitar o naufrágio e o dano ecológico.

Enquanto deu para lutar, lutamos com garra. Ninguém faria melhor. E foi assim no final com a operação do Felinto Perry, comandado por Luiz Felipe e seus homens, resultando no sucesso do resgate.

Ao Plínio, Manoel e Alonso, rendo minha homenagem: vocês foram maravilhosos. Tenho orgulho dos momentos pelos quais passamos, e de me comportar à altura de sua reação.

Quanto a mim, melhorei como ser humano. Como homem do mar aprendi uma lição extraordinária. Terminado o pesadelo, o que mais quero é viajar no Mar Sem Fim III. Ele está a caminho.

Com os barcos descobri minha vocação: documentar e chamar a atenção para o mais importante e desconhecido ecossistema do planeta: os oceanos. E além disto navegar é o maior prazer que tenho na vida.

Às centenas de pessoas que mandaram mensagens encorajadoras durante os momentos mais duros, meu muito obrigado. Foi emocionante saber que, há milhares de milhas daquele pandemônio, havia gente que nem conheço torcendo a favor. Procurei retribuir dando o meu melhor na viagem do resgate um ano depois do naufrágio. Deu certo.

Consegui tirar alguns (poucos) quilos do peso que carrego nas costas desde aquele fatídico 7 de abril de 2012.

Mas ainda não me conformo por não respeitar minha intuição nos dias que antecederam a viagem.

Como relatei, antes da partida eu estava tenso, ansioso, inseguro. Pressentia algo errado. Mesmo assim não dei ouvidos aos inúmeros sentimentos internos, e aos avisos de veteranos. Desprezei-os. Segui conforme o planejado. Deu no que deu...

É por isso que esta história vai me intimidar ainda por muitos e muitos anos.

Mas jamais esquecerei a solidariedade, a ajuda e os correios e mensagens de apoio que novamente recebi quando a faina do resgate terminou.

Nada exprime melhor este sentimento de alívio que uma delas, a do Contra-Almirante Silva Rodrigues, da SECIRM (Comissão Interministerial para os Recursos do Mar), Gerente do PROANTAR (Programa Antártico Brasileiro).

"Prezado João Lara,

BZ! Este código de marinha é um sinal naval que transmitimos, quando uma " faina" (tarefa) é realizada com sucesso. Esse sinal tático é o maior elogio que um homem do mar (comandante) pode receber.

Assim, gostaria muito de transmitir, ao caro companheiro e equipe, esse reconhecimento.

Comandante João Lara: BZ (Bravo Zulu), ou seja, Well done."

FIM.

O VELEIRO MAR SEM FIM DURANTE A EXPEDIÇÃO PELA COSTA BRASILEIRA – 2005-2007

O veleiro Mar Sem Fim no Lagamar Iguape – Cananeia – Paranaguá, foto de 2007.

PRIMEIRA VIAGEM À ANTÁRTICA – VERÃO 2010-2011

Mar Sem Fim, um excelente barco e meu melhor amigo.

Mar Sem Fim num fiorde nos canais da Patagônia.

Manoel, na popa do Mar Sem Fim, mostra uma centoja pescada nos canais da Patagônia.

Albatroz errante no Drake, síntese perfeita do oceano austral.

Vernadsky: o ponto mais ao Sul em que chegamos.

Port Lockroy, um dos "hits" da Antártica. Verão de 2011.

Baleias na rota do Mar Sem Fim.

Iceberg.

Formas e texturas diferentes e surpreendentes.

A Antártica é uma das joias do planeta!

Foca Leopardo, um dos predadores da Antártica.

Mar Sem Fim "enquadrado" pelo iceberg.

O Mar Sem Fim na base argentina Brawn.

PRIMEIRA VIAGEM À ANTÁRTICA – VERÃO 2010-2011

Elefante Marinho, habitante antártico, recebe visitas.

O Mar Sem Fim e a exótica e linda paisagem.

Os Foles de Netuno, ou a entrada da cratera de vulcão que formou a ilha Deception.

Vestígios dos antigos baleeiros em Deception.

PRIMEIRA VIAGEM À ANTÁRTICA – VERÃO 2010-2011

Base brasileira Comandante Ferraz, verão de 2011.

VIAGEM DO NAUFRÁGIO – VERÃO 2011-2012

Plínio chega em Rei George. No mesmo avião embarcaram de volta o *skipper* contratado e os passageiros. Verão 2012.

Base Carlini, a partir da popa do Mar Sem Fim, num raro momento de calmaria.

Foi preciso retirar a hélice de cerca de 40 quilos. (Foto: Base Carlini).

Mergulhador argentino aponta a bucha do pé-de-galina. (Foto: Base Carlini).

Eu, com a bucha quebrada na mão, Plínio à esquerda, Manoel à direita.

O sargento Ariel Fenoglio prepara a instalação do leme reserva.

Os "anjos da guada argentinos". Da esquerda para a direita: Ramon Aquiles, Ariel Fenoglio e Sebastian Notari.

VIAGEM DO NAUFRÁGIO – VERÃO 2011-2012

O início do resgte feito pelos chilenos debaixo de 40 nós de vento. De vermelho o Capitão Eduardo Rubilar. (Foto: Capitania Puerto Bahía Fildess).

Capitania Puerto Bahía Fildes, ilha Rei George.

O imenso HMS Protector, da marinha real britânica, não hesitou: desviou sua rota e veio nos socorrer. (Foto: Capitania Puerto Bahia Fildes).

O Mar Sem Fim preso no gelo. (Foto: Ruslan Eliseev).

VIAGEM DO NAUFRÁGIO – VERÃO 2011-2012

Só a proa fora d'água, 7 de abril de 2012.

Alonso, emocionado, recebe um presente do Capitão Eduardo Rubilar antes de abandonarmos Rei George.

VIAGEM DO NAUFRÁGIO – VERÃO 2011-2012

Plínio e Rubilar.

Eu e o Capitão Eduardo Rubilar na despedida.

O N.S.S (Navio de socorro a submarinos) Felinto Perry.

Punta Arenas: tempestade atrasa a partida para o resgate.

VIAGEM DO RESGATE – VERÃO 2012-2013

Don Francisco Ayarza, ilha Rei George, verão 2013.

Marinha do Brasil instala, acima do casco sossobrado, a barreira protetora que impede vazamento de petróleo.

Carnaval no Brasil, Ano Novo Chinês na Antártica. Fevereiro de 2013.

Plínio, em perfeito "antártico", conversa com o chefe da base chinesa.

Reunião internacional; da equerda para a direta: Ruslan, Oleg, Luiz Felipe, comandante do Felinto Perry, e "Don" Francisco Ayarza, da Nautilus.

O frio congela e deforma o rosto do mergulhador.

A Marinha do Brasil foi fundamental no resgate do Mar Sem Fim.

A bandeira do Brasil do Mar Sem Fim é resgatada.

Com ajuda de boias a proa começa a subir...

Cinco boias, cada uma suportando 10 toneladas, trazem o Mar Sem Fim à superfície.

A elegante sala do barco.

A sala depois do naufrágio.

Comando do Mar Sem Fim.

Comando depois do resgate.

Já encalhado na praia e com o casco em perfeito estado.

O Mar Sem Fim pronto para a viagem de volta à América do Sul. Fevereiro, 2013.

O Mar Sem Fim é entregue ao rebocador Otway, baía Maxwell, abril de 2013.

Depois do resgate estivemos em Viña del Mar. Eduardo Rubilar entrega a bandeira do Chile, usada pelo barco, que ficou debaixo d'água por nove meses.

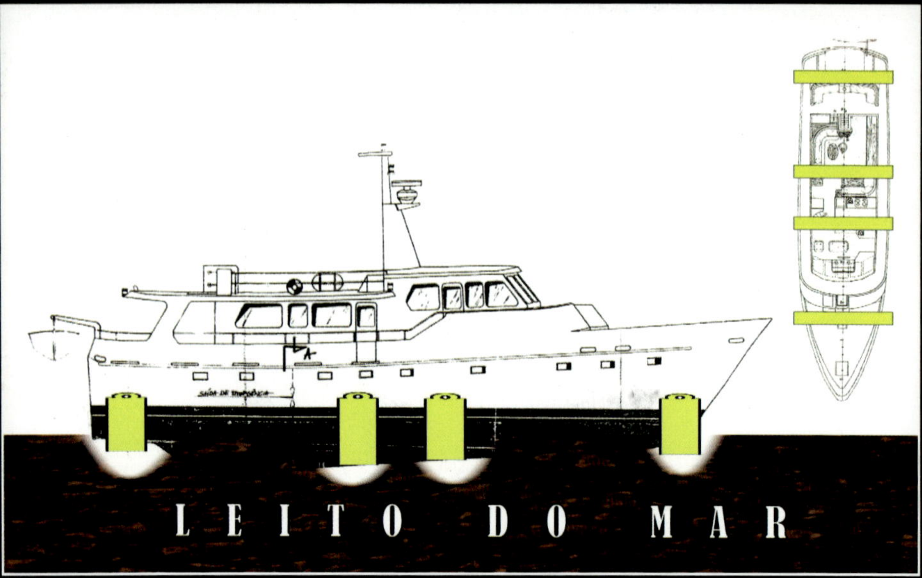
LEITO DO MAR

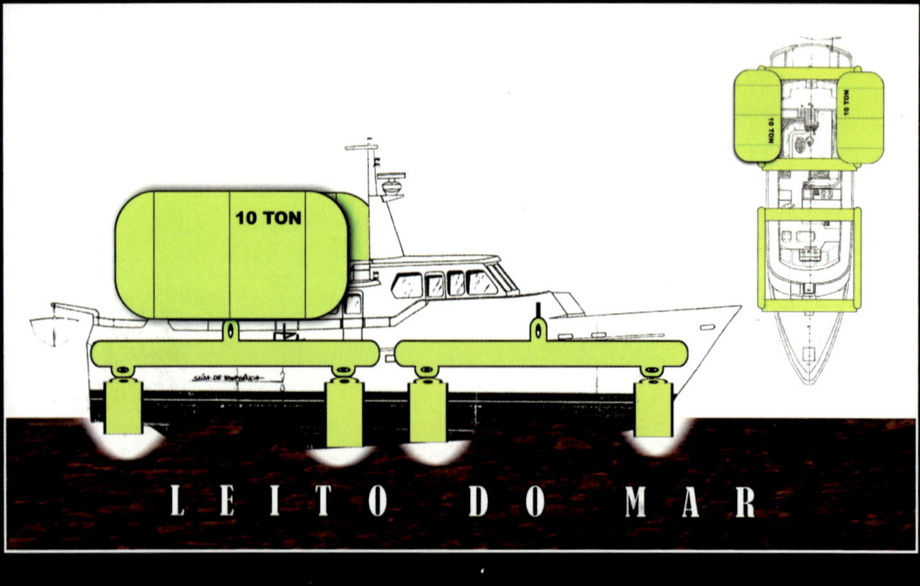
10 TON
10 TON
10 TON
LEITO DO MAR

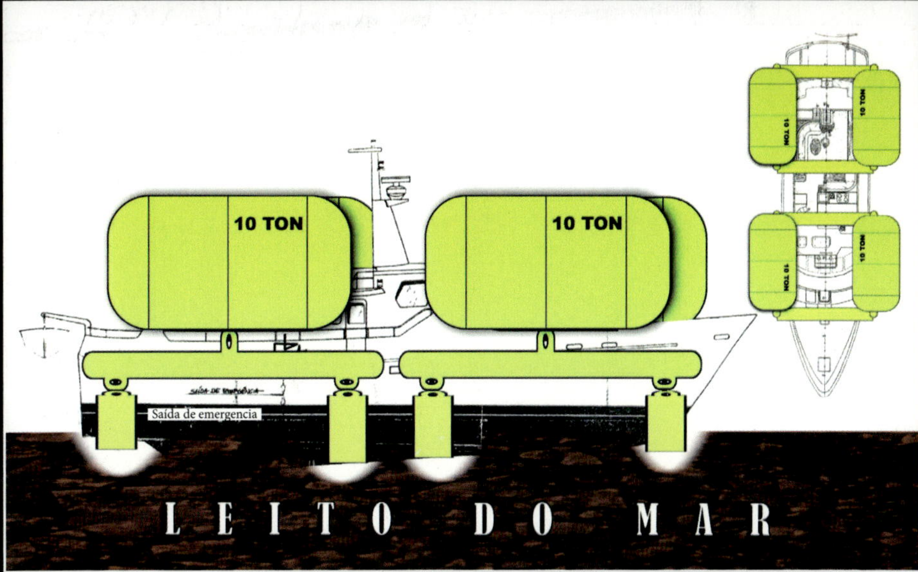
10 TON
10 TON
10 TON
10 TON
10 TON
10 TON
Saída de emergencia
LEITO DO MAR

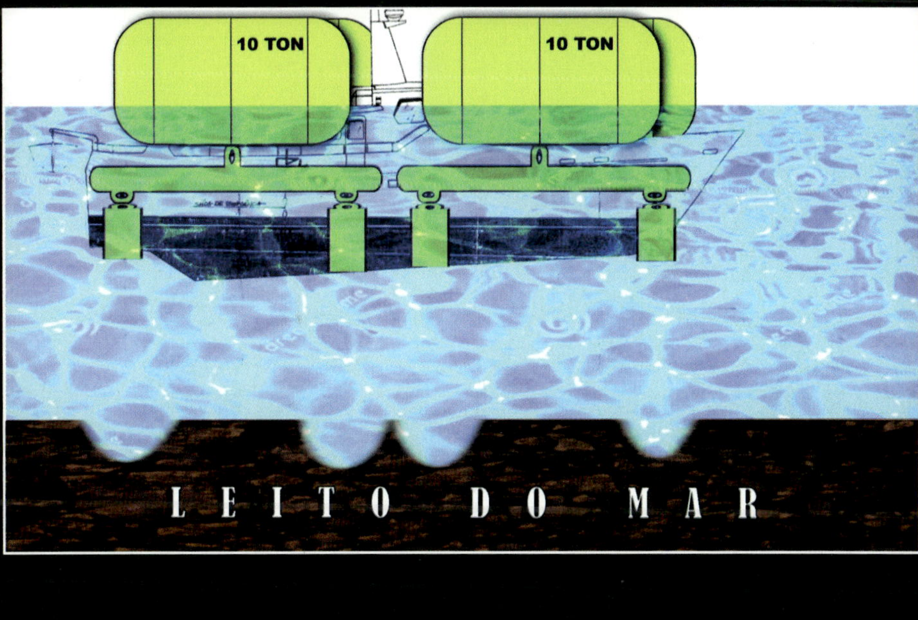
10 TON
10 TON
LEITO DO MAR

PERCURSO DA VIAGEM DO NAUFRÁGIO

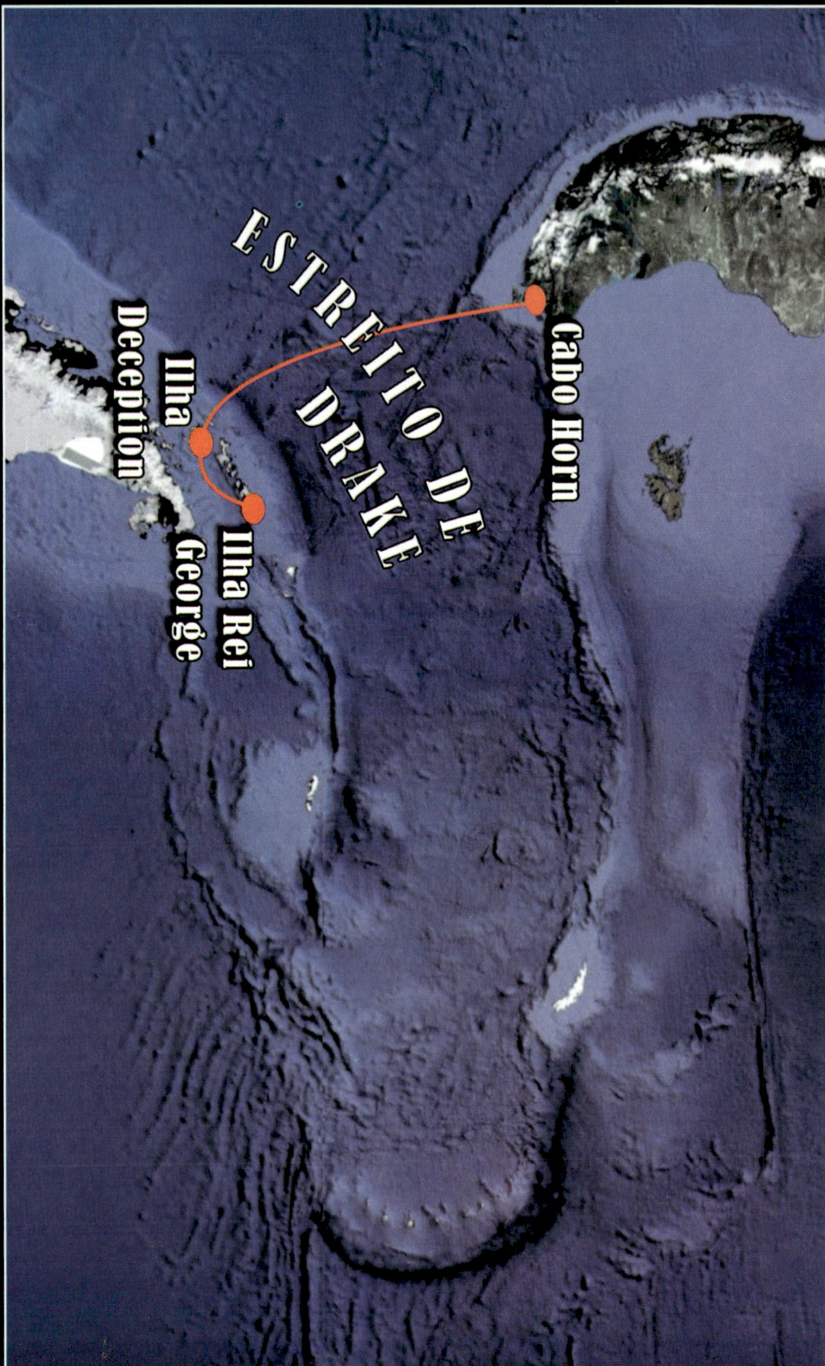

ILHA REI GEORGE
Fildes
(CHI)
Baía Maxwell
Baía Potter
Carlini
(ARG)
Ferraz
(BRA)

Impresso em São Paulo, SP, em outubro de 2014,
com miolo em papel off-white 80 g/m² e couché 115 g/m²,
nas oficinas da Graphium.
Composto em Minion Pro regular, corpo 12.

Não encontrando este título nas livrarias,
solicite-o diretamente à editora.

Escrituras Editora e Distribuidora de Livros Ltda.
Rua Maestro Callia, 123 – Vila Mariana – São Paulo, SP – 04012-100
Tel.: (11) 5904-4499 / Fax: (11) 5904-4495
escrituras@escrituras.com.br
vendas@escrituras.com.br
imprensa@escrituras.com.br
www.escrituras.com.br